# 明日灭亡

RUIN OF TOMORROW

三　部　曲

张草◆著

# 明日灭亡

## 天启爆炸

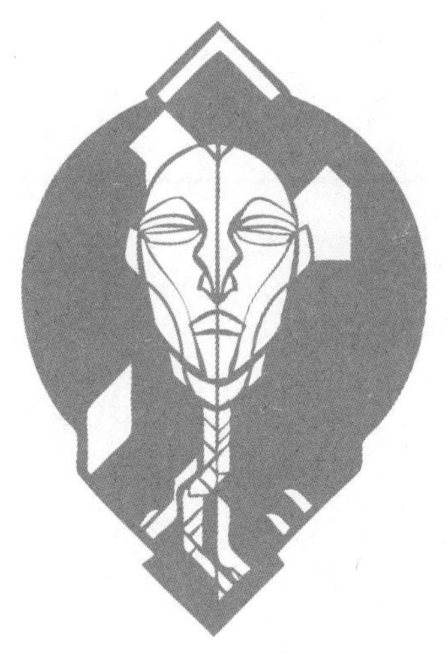

# RUIN OF TOMORROW

## APOCALYPSE EXPLOSION

九州出版社
JIUZHOUPRESS

## 总序 / 蝙蝠的文章

小时候听过蝙蝠的故事，留下很深的印象。

故事这么说：蝙蝠跟鸟交朋友，他自认长得跟鸟一样，鸟儿却不以为然，说他没羽毛，又鼠头鼠脑的，应该跟老鼠交朋友才是。蝙蝠去找老鼠，老鼠也不认他是同类，因为老鼠没有翅膀。

待我到中国台湾留学的时候，终于深深感受到蝙蝠的心情。大学的同班同学对我会开口讲华语感到很惊讶："你的中文怎么这么好？"在他们的印象中，马来西亚在东南亚，华人的中文也不应该好到哪里去。

当他们知道我竟然在写小说的时候，就更为惊奇了。还有一位同学很不服气，又不明白我身为一介华侨，来自他印象中蛮荒之地，怎么可能在台湾写小说写到能出书？他自负才华比我高，却没这本事？当然，这些都是二十年前的往事，时至今日，在台湾出书的马来西亚人已不罕见。

我是马来西亚华裔，生长于马来西亚，由于先贤的努力和争取，我们仍然有机会学习自己的语言，有华商维持的华文小学，政府的国立中学也有华文课，也有华人创办的“独立中学”以华语教学，我们更自小阅读华文报章，国营电视台也有每天半小时的华文新闻。所以，我们华人会说写华语当然不足为奇。

由于我们生长于多元种族的社会，因此一般在校内都会“三语”并学，亦即学习作为国语的马来文、国际语的英文，还有自己本族的华文。而每个华人子弟，多少也会听会讲一些周遭常听到的方言，如我祖籍广东，但本地客家人多，母方又是祖籍福建，所以这三种方言，我都会一些。

但无论如何，我的成长轨迹都与我在台湾的大学同学不同，因为我毕竟不是在中华文化的发源地长大的。我仰慕中国历史文化，却仿佛总是站在远处观察，因此感觉到中文对我而言不只是母语，而是一种迫切的使命。所以，我对与中华文化有关的事物，都会饥渴地去吸收，永远只怕知道得不够多。

但是，身处中华文化环境中的年轻人，又未必懂得珍惜他周遭随手可得的资料，反而去仰慕与我们完全不同基因的西洋文化，导致中文奇幻小说曾经有一段时间充满了精灵、矮人、巨人、巫师、骑士、飞龙等舶来品，这类作品也如同蝙蝠：在东方显得突兀，西方人也看得出是伪西式。

因此，多年以来我一直在尝试的是，写出中文专有的科幻和奇幻，而不是西方科幻奇幻的模仿品或中文版，而是确确实实以中华文化为基础的科幻与奇幻。由此，我在高中时代开始将宋代以前的笔记小说写成《云空行》，大学时写出科幻长篇《明日灭亡》三部曲，短篇集《双城奇谭》将乡野奇谭混入现代社会，《庖人三部曲》以武侠面貌探讨历史，还有许多实验性的“极短篇”企图寻求小说的各种可能。

在创作多年后，我的小说终于可以跟中国大陆的读者们正式见面，感觉上是又期待又担心，期待的是将有这么多人可以读到我的作品，担心的是读者的接受度，毕竟这是蝙蝠的文章，是海外华侨第三代洄游文字故乡的第一次邂逅，不免会有丑媳妇见家翁的紧张。

数年前，我曾拜会倪匡先生，他老人家一针见血地问我：“为什么你的人物有时讲北京腔，有时湖南腔，有时又上海腔？”不禁令我汗如雨下。倪先生来自大陆，听惯五湖四海的腔调，我们海外华人无此经验，我们的经验是听客家话、福建话、广东话等语言差异，对于“腔”是无法深入体会的。所以为了让所有华人都听得懂，我希望我写的是世界的中文，希望能将各地中文的地方性特征减到最低，没有特定一地的俚语，好让世界各地的中文读者都能看得懂。

或许，这也是当蝙蝠的好处吧！

张草

2015.2.2于阿皮亚陋居

《天启爆炸》这篇科幻小说采用了历史事实和天马行空的幻想结合的方式来写作，所以必须先了解小说所采用的历史事实。

在人类历史上有许多神秘的、不可解释的事实，都是幻想小说的好题材，在这些事实上可以有无限的发挥，做任何方式的设想，而变成引人入胜的小说。

神秘事实有一个共通性，就是有关事实的记载语焉不详，或者只是传说，或者那些事实根本就是当时会作故事者所创造，根本不是事实，传久了才被人以为是事实。

只是这篇小说取用的天启大爆炸这件事是例外，发生在中国明朝天启六年五月初六顺天府内的大爆炸，不但有确实的时间、地点，而且爆炸之前的种种异象，爆炸发生时候的种种恐怖情形，爆炸之后的人心惶惶，都有十分详细的记录。

当时顺天府是首都，文化十分发达，不但有私人的记载，而且有官方新闻机构的正式报道。所以天启神秘大爆炸可以说是人类历史上唯一有详细记载的神秘事件。

只可惜这样有研究价值的神秘事件，并没有引起世界上实用科学家的注意，没有对它进行深入研究，所以只好由幻想小说作者来努力，用小说作者的想象力来设想这场神秘大爆炸发生的来龙去脉，虽然幻想不等于事实，可是也不能绝对否定幻想会接近事实。

当然就小说而言，最主要的并不是采取的题材是不是独一无二的好题材，而是要成为小说之后，这小说是不是好看。可以很肯定地说，《天启爆炸》是极好看的好小说。

小说利用了历史记载（作者肯定下了不少功夫去研究这些资料），而且运用得巧妙无比，不但将大关日完全融入想象之中，而且连细节也不放过，有一节描写爆炸之后将一个人的脸完完整整地印在墙上，连五官的表情都在，更是恐怖诡异兼而有之，如果不知道那是当时灾变之后确实的记载，一定会以为是小说作者的创作，所以必须一再说明：小说中有关当年在顺天府发生的事情，从皇宫中到小巷口的种种异象，都是人类历史上唯一有详细记载的神秘事件，都是确然曾经发生过的事实。（印在墙上的人脸，和日本广岛原爆之后在墙上发现的血人影何其相似，然而天启爆炸却又不像是核子武器所造成，因为破坏力不同，所以更显得神秘。）

之所以在小说选用的题材上说了很多，是因为三十年来，这场神秘大爆炸一直在吸引本人的注意，在超过三十年的幻想小说创作过程中，不知道多少次想在这件神秘事件上加以发挥，可是想来想去，都想不出该如何处理，也可以说，要在这件神秘事件上落墨，化为小说是很难的事情，所以在看了《天启爆炸》之后，格外佩服。掩卷深思，肯定自己就算可以做出同样的幻想，可是在小说的结构上、写作技巧上、情节动人上，也及不上《天启爆炸》。

相信大家看了《天启爆炸》之后会和我有同样感觉。

这篇小说不是没有缺点，缺点在于最后天启爆炸是由“地球联邦”所发动，可是似乎并没有达到目的，有些含含糊糊。然而在经历了惊心动魄的阅读过程之后，相信读者不会在意，而会不断回想小说的情节，越想越觉得其味无穷。

一九九九年七月二十六日

天启神秘大爆炸三百七十三年之后

旧金山

# 自序

起初是一九八四年，在下小学六年级，报章的某篇文章让我惊奇得读了又读，然后小心地剪下，贴在我的第N本剪报簿上。我自小就喜欢收集报纸上的奇闻逸事，必须说明的是，我们当地的报章，常将港、台报章杂志的内容直接转载，所以，后来好像在某本旧杂志上找到那篇文章的来源（不会是皇冠吧？），说起来，这还拜盗版之赐。那篇文章的内容是：“天启大爆炸！ UFO的杰作”。

文中引用了许多古书，我恨不得马上找到这些书，好将原文一览究竟，很想弄清楚到底发生了什么事。该文作者曰：“众多的史籍记载中，都没有使用‘地震’的字眼”，又曰：“若再深入翻查明代其他史籍记载求证，就不难做出一个大胆的假定，即是由一个UFO爆炸所做成。”后来的研究，让我对此等轻率的结论发生疑问。

我没机会看到那些古书，直到一九九一年，我负笈台湾，偶然机会下知道有一个“中央图书馆”（一九九八年已易名“国家图书馆”），藏了许多古书，嘿嘿，多年来期待的机会，来了。

这些年中，经过慢慢地收集和阅读这些古籍资料，我对于这件事的神秘感逐渐消退，取而代之的是，想要明了整件事情的背景：当时的人是怎么生活的？是怎么思考的？是在怎样的一种氛围下呼吸？唯有如此，才能明白，他们是基于怎样的一个原因，对这件事赋予如此这般的解释和看法。我一直想把这件事写成小说，说真的，要写还不难，难的是怎样才能不写烂，免得辜负了这样一个好题材，为了将它表现出来，我需要更多数据。

在此之前，《云空行》的创作，让我有机会训练自己查阅资料，也养成了大量买书、大量看书的瘾头，我尽所能在我接触到的大小图书馆、书局、网络里寻找相关数据，尤其是最重要的一项：明朝天启年间的顺天府地图。一九九八年，我找到了，这使整件事进行加速，反复地阅读、标记、测量……整个灾变过程，在脑中成形。

接下来，是要完成一个我酝酿了许久的目标：写一部真正由历史和科幻结合的小说，历史要尽量正确（或许只能做到“外行看热闹”和“内行看门道”之间吧），科学方面知识要尽量扎实，尽量小心谬误。所幸，许多资料陆续出现，许多相关书籍的出版，一切似乎水到，只欠渠成。

仅仅是序章，我重写了三次才决定采用，题名也换了四次，深感这个故事真的不容易经营，也曾偶有放弃的念头。写作期间，我常常难以入眠，又常枯坐计算机前，数日未书一字，即使是写完了直至今日，我还是常会不知第几次去细读记载这件事的古籍，希望再有所发现。我希望各位能细心品味，能从中嗅到当时空气中的气味，听到当时空气中的杂音，感受到故事人物深层的意识，若果如此，我的奢望便成功了。

要强调的一点是，每个时代都有自己的神话，明朝的人以火神降祸、阎府点名、天子失德来解释它，现代的泛幽浮论者也随性地以UFO事件、外星人来解说它，两者同样是以“理所当然”的态度来强调自己的看法，或许也都是瞎子之摸象，断章取义而已。灾变当时有蕈状云，有人马上联想到原子弹爆炸，而忽略了蕈状云未必要原子弹才能产生。灾变前有不明发光物，有人马上联想到外星人，又忽略了UFO和外星人画上等号只不过是这几十年来流行的一种看法而已。虽然有各种古籍记录了灾变前后，顺天府及其近郊的地震，也有各种神异传说，但似乎都被泛UFO论者一笔带过，或忽略不计。

假若我在小说中虚构出一个完美的解释又当如何？我感觉这是没有必要的，除非我人在当时，在第一时间内找到灾变的理由，否则任何的假设，也只是揣测而已。况且在这之前，已有许多人做出种种猜想，我要是再加一个，也只是蛇足而已，事情的过程本身已经够令我震撼了。换句话说，我对“过程”的关注，远较“结局”来得高，这也是我对历史的一贯看法：历史是不断延续的过程，要很久以后才有结局，甚至不会有结局。所以我在小说末了，保留了一个开放的结局，这也是我写作时最爱用的结尾。

或许，我是受了《二〇〇一年太空漫游》的影响吧，该书作者ACC只在书中不停地提出疑问，答案并不重要。让历史留给历史，小说的目的，纯粹小说而已，无他。

愿天下作者读者们共勉之。

张草草于板桥

己卯年十月廿四日丑时初刻

PS.朋友花了一个晚上细读此书，然后打电话给我："你可真是拼了老命在写呀！"姐姐是我多年来的忠实读者，她看完了，也打个越洋电话来："这是你目前为止最好的作品。"他们看出来我隐藏在文字中没明说的部分，也给了我一些指正，谢谢他们的鼓励。鼓励是写书人的养分。

## 图一：顺天府近郊图

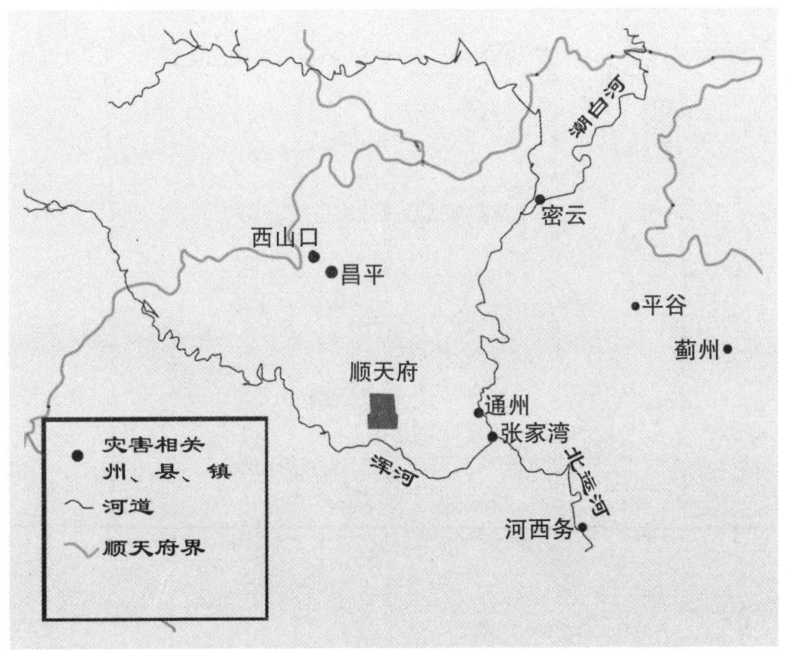


顺天府：明清两代，北京地区称为顺天府。

张家湾：灾变前，火神庙发生异象。

蓟州：同日地震，城东角塌。

河西务、通州、平谷：同日听见巨响。

密云：同日，大木飞至此、听见巨响。九日再闻巨响。

昌平、西山口：同日听见巨响。灾变后，银钱衣物首饰飘来此地。

地图中可见，灾变范围偏向顺天府以东一带，如果画一个涵盖图中各城的圆圈，灾变中心似乎应在顺天府东北方。但若看地形图，会发现顺天府以西一带皆为丘陵山地，如果灾变中心真是顺天府，或许是这个地形的原因，阻隔了巨响和震波的传递，而只有顺天府偏东有灾变报告？

## 图二：天启末年顺天府城简图

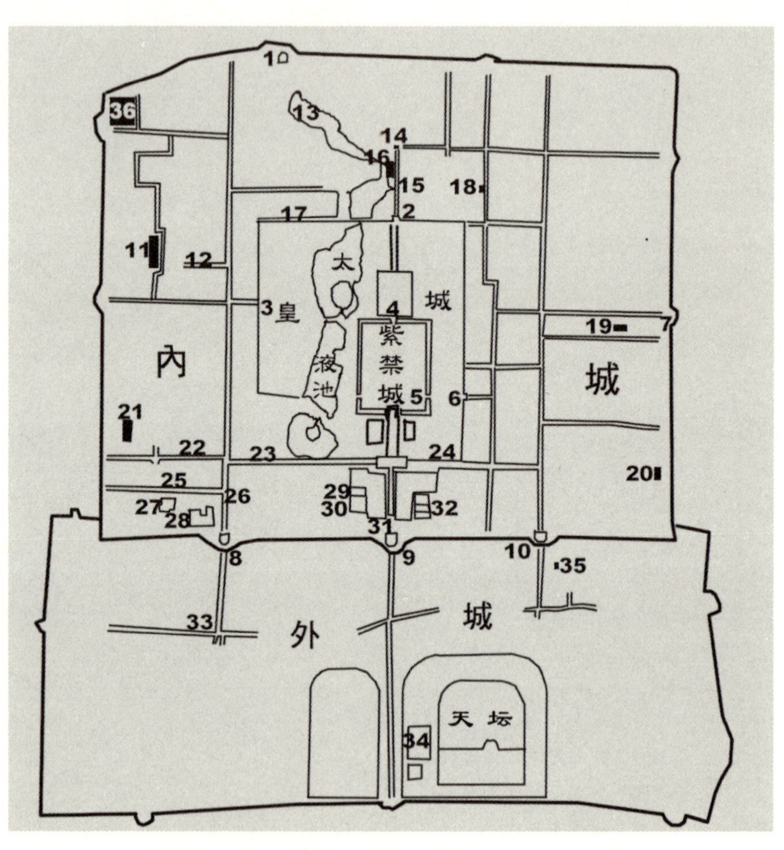


1　德胜门：人臂人脚飞至此。

2　北安门（厚载红门）

3　西安门

4　玄武门（厚载门）

5 东华门：屋宇崩塌至此稍缓，门塌。
6 东安门：正思在此首次预言灾变。
7 朝阳门
8 宣武门（顺城门）
9 正阳门（前门）：初二夜见鬼火。
10 崇文门（哈达门）
11 朝天宫：同月廿一日火灾烧毁。
12 箔子胡同：乔老儿骑驴至此。
13 什刹海
14 鼓楼
15 鼓楼下大街
16 厚载门火神庙：出现红色不明飞行物。
17 皇墙北大街
18 北城兵马司：北城察院在此见红色神人及麒麟。
19 证因寺
20 观象台：见云气异象，有鬼车鸟聚鸣。
21 都城隍庙：夜闻点名声。
22 刑部街：内城西南灾变区北边界限。
23 西长安街：飞堕人头等尸块。
24 东长安街：同上。
25 石驸马街：此地石狮子飞出宣武门。
26 宣武门里街（顺城门大街）
27 王恭厂（铸锅厂）：发生火药爆炸。
28 象房：发生群象奔逃。
29 通政使司
30 锦衣卫
31 棋盘街：张政图每日上下班经过。
32 钦天监
33 菜市口
34 神乐观：奥米加第二代在此屋顶现身。
35 哈达门火神庙：火神显灵。
36 安民厂：初八诏令王恭厂再建厂所在地。

## 图三：灾变中心顺天府内城西南角简图

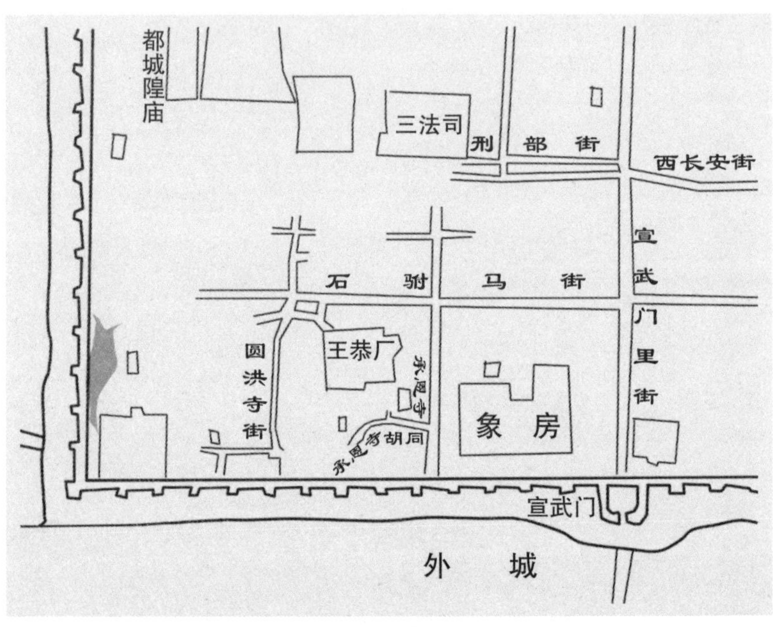


刑部街以南、宣武门里街以西范围为灾变最严重地区，图中所示为史料有提及的地名。

# 目录

CONTENTS


总序　蝙蝠的文章　001

特别推荐　绝妙好小说　005

自序　009

**序章　顺天府**

天启六年五月甲辰（初二）　002

天启六年五月乙巳（初三）　003

天启六年五月戊申（初六）　007

**第一章　缘起**

婆罗门　012

胚胎室　014

菲立普　017

试探　019

沙也加　024

停经日　028

**第二章　证因寺**

早课　032

早斋　034

清晨　035

三明治　038

云水堂　039

数字　042

种族　043

中国　045

正午　048

**第三章　东城**

失踪　052

铸锅巷　053

转折点　054

席会　056

东安门　058

相对论　060

棋盘街　063

人选　066

噩梦　069

**中场一**

名词解说一：次元　074

名词解说二：神通　076

**第四章　火神庙**

闭关　080

正思　084

蚩尤旗　085

鸿福　087

奥米加 090
锦衣卫 093
集合 095

第五章 王恭厂

明天 102
脱逃 105
分道 108
线索 111
重逢 117

第六章 端午

中邪 122
流出 124
阴谋 126
玛利亚 130
慧施 134
天坛 137
问题 139
叛变 142
答案 146
前兆 150

中场二

名词解说一：东方的威胁 154
名词解说二：安德鲁 155

第七章 灭劫

对话录 158
出动 164
震声 166
异象 171
原因 176
遗忘 181

第八章 既济未济

报告 188
中阴 191
始末 198
初坛 207

后事

附录 215
名家推荐 223

序章

／

# 顺天府

这件事，连我自己的所见所闻都无自信，

居然指望别人相信，那我真是疯了。

——埃德加·爱伦·坡《黑猫》

## 天启六年五月甲辰（初二）

顺天府，大明帝国的京师。

当日夜晚，顺天府前门的城楼角，出现异象。

守在城楼角的兵卒，看见许多青色小光点，发出幽幽的荧光，像有千百只萤火虫在抖动。

兵卒的耳中，还感觉到低沉的振动声，像有人在窃窃私语，他的脑子顿时浑浑的，感觉怪怪的不爽快，皮肤表面麻麻的似乎披上了一层薄雾，隐然有触电的感觉。

五月，天干物燥，即使在晚上，空气也很是沉闷。

可是这一晚，守卒觉得空气中充满了骚动的粒子，很像是暴风雨前的天气。而那些诡异的萤火，并不像平日一般一闪一闪的，而是泛着冷漠的、阴森森的光芒。

由于很黑，他判断不出萤火的距离。

也就是说，他也判断不出萤火的大小。

萤火渐渐有了动静，慢慢地、一点一点地集中，凝聚成越来越大的物体。

守卒睁大了眼，惊讶得说不出话，一双腿在不知不觉中已经发起抖来。

萤火的光并没照亮四周，只凝聚在自己的范围内，是以只有城楼上的守卒们瞧见。他们纷纷疏离职守，往那位发抖的同伴走过去，从各自的守备位置来到楼角，一起观看这诡异的一幕。

面对这种从未想象过的场面，他们完全不知该做出什么反应。

荧光聚成了一个大车轮。

那是个无月的夜，大车轮冉冉地升上天，叫人以为月亮弄错日子出来了。

当大车轮消失时，顺天府的一角又恢复了平静，空气中的不安和浮躁骤然消失，只留下夏夜的闷气。

守卒们如梦初醒，没人说一句话，因为无话可说。

这件事，被天文官“钦天监”们记下，载入了《明史》的《五行志》之中。

这件事的意义当时没人明白，一直到五天之后另一件事发生，也没人将它们牵连在一起。

真相要一千年后才有人了解。

## 天启六年五月乙巳（初三）

张政图收好了铜制的官印，向属下交代了一声，便步出“通政使司”，慢吞吞地踱回家去。

跨出“通政使司”大门，步入大街，免不了经过“锦衣卫”大门，他向“锦衣卫”门口的两个人打了个招呼，他们微微点了头，算是回礼。

张政图可不想得罪这些隔壁的人，所以才这般恭恭敬敬，否则按他正三品的官阶，何必？这年头，官阶保不了身家性命。

天色尚未全然黑去，张政图带着一名仆人，一路上寡默地回想今日的事，有多少完成了，多少又须明日完成，又有没有遗漏了什么。

从全国各地传来的奏折和一些最新消息，他已吩咐人整理了一份清单，今夜就会到达魏忠贤的手上了。只要这件事完成，其他也就没啥大不了的。

要不是他身为“通政使”，管理全国各地的消息，要将它们送到皇上面前，又要编成《邸报》给百官们看，魏忠贤也不会派人来拉拢他。

魏忠贤要的，谁敢不给？

这样一来，魏忠贤就会比皇上早一天知道所有的消息，因此也就比皇上更耳聪目明，有的时候，还甚至会派人来明示：将某则消息消失掉。

官场黑暗，不如早辞官去吧？

张政图又沉思了一下：《邸报》已经编写好，书办们会抄写两百多份，明日就能发往全国各大省会衙门了。

虽然有属下提议用刻板，甚至活字印刷，可是这么一来，许许多多的书办们，包括全国各地专门抄写的一些穷文人，就得失业了，是以迟迟未定，《邸报》的发行也就不够快了……

在琐碎的思绪间，只听见仆人说：“老爷，到了。”他惊一抬头，看见家门已在眼前。

“老爷回府啦——”仆人一喊，里头便有房门提了灯笼开门，照亮灰昏昏的路。

是个大热天，即使傍晚了，屋宇内还回荡着沉沉的闷气呢。

家人早用过饭了，他的小妾吩咐下人弄了饭菜摆上，又自个儿弄了壶热茶，一面饮茶，一面侍候丈夫。

这小妾是他来京上任才讨的，发妻留在家乡。

这小妾甚是灵巧，很得他欢心。

他吃了几口热乎乎的饭菜，又喝了口茶。

“老爷，热吧？”

“吃得浑身大汗，怎么不热？”

“待用完了，妾吩咐人取冰镇酸梅汤来，可好？”

张政图打从心里高兴，点了点头，又吃起饭来。

“老爷，今日可有啥趣事？”

张政图笑道:“又要我说新闻了。”

“可不是？也省得再去看《邸报》，妾平日与些姊妹们聊着，都比别人先知道新闻呢。”

“给你拿去炫耀去了。”张政图笑盈盈地捋胡子，想了一阵，“有一件事，不有趣，有些恐怖哦。”

“妾才不怕，有老爷在呢。”

张政图吃完了饭，用茶水漱漱口，吩咐下人收拾了。

“上酸梅汤吧。”他说。

“不行，”小妾嘟起了嘴，“老爷不先说一则，就没酸梅汤喝了。”

张政图累了一天，一被小妾撒娇，反而精神来了。

他捋须一笑，说：“似乎是本月初一的样子，在山东济南发生的怪事。”

小妾两手捧腮，专心听着。

“那天济南知府到城隍庙去行香，一行人浩浩荡荡，可是才到庙门，忽然之间，知府、皂隶等一伙人，全都昏倒了在地上。”

小妾听得两眼都睁大了。

张政图很喜欢她这个表情，刻意停顿了一下。

“为什么全昏了呢？没人知道，倒是有人赶忙去通知了家人。”张政图变了表情，表示要说到可怕的部分了，“此时，其中一名皂隶的妻子接到通知，急急忙忙赶来，远远看到庙管门前，站了一个熟悉的身影，走近一看，吓了一跳，差点也一起昏倒在地。”

小妾没吃惊，反而兴奋地屏着呼吸，津津有味地微笑着。

“站在庙管门前的，是她的前夫，她已经死去多年的前夫……”张政图顿了一下，“此时却在庙前摆手，示意她离去，还对她说：‘此地进不得，进去不得，天下城隍在此造册。’”

说完，他啜了口茶。

“就这样而已呀？”小妾觉得没趣，又问，“天下城隍都在做啥呀？”

“造册，”张政图说，“就是在编造名册。”

“为什么呢？”

“这我可不晓得了。”

小妾若有所悟地说：“恐怕，是有很多人要死了。”

“别乱说，这几年只出了个不成气候的奴酋，天下太平，何来死人。”

“奴酋”是指万历四十四年自立为王、建国“后金”的建州酋长努尔哈赤，说这句话时，他还不知，大明国运只剩十八年了。

“可是，天底下的城隍爷都来商量了呢……”

张政图没想到小妾会那么认真，忙扯开话题：“甭伤脑筋了，再告诉你一件事吧？”

小妾点点头，又很高兴地倚腮倾听。

“东城这头的证因寺，今早发生了一桩异事……寺里的和尚，大白天诵完经后，全部鱼贯走出大殿，忽然有个站在后排的和尚，心念一动，回头一瞧，看到方才做早课的大殿上，居然赤裸裸地躺了个和尚。”

“咦？”小妾问道，“先前没人发觉吗？”

“先前还坐满了人呢，那和尚是在他们离开大殿时才出现的，不但赤身裸体，还昏迷不醒。”

“这真奇。”

“不奇就不告诉你了。”张政图抚摸她的小手，满脸堆笑，“你官人的冰镇酸梅汤呢？”

## 天启六年五月戊申（初六）

乔老儿骑着他那头青驴，慢悠悠地荡入“宣武门”。

青驴低垂着头，专心地看铺在地上的石砖，聆听自己嗒嗒的蹄声，一点也没被周遭的热闹吸引过去，因为这条路它已经走过太多次了，而且每一次都是载着它那老朽的主人。

乔老儿眯着老花迷糊的双眼，看着“宣武门里街”两旁的五颜六色。

这街道是“顺天府”城内主道之一，位皇城西边，直通南北，人来人往熙攘不绝，乔老儿平日在家闷久了，就喜欢来这里瞧瞧热闹。

这天是五月初六，前一天还是端午，一年中最热毒的日子。一家人在家里庆祝，热闹了一天，乔老儿觉得好累，可是热闹一过去，他又觉寂寞了，所以便进城来探望老友。

走了好一段路，乔老儿知道“箔子胡同”快到了，于是牵了驴缰，打算一近箔子胡同，便要青驴拐个左弯进去。

忽然，乔老儿只觉脑子一晃，一股强大的力量突然涌了过来，他一个不稳便摔下了驴背，耳际掠过一阵低沉的回音，感觉四周的一切都在摇动，脑子昏沉得紧，口中大嚷:“不好！我中风了！”这是他的第一个想法。

他硬撑着身体，摸到路边的一个酒柜，便赶忙一把抱着，免得自己倒下来。

他想，或许自己的时刻到了，耳边一波波越过的低回声，手脚软酥酥的不听使唤，看来今天果然是死期了。

乔老儿忽来一阵心酸:“无奈死在街头，儿孙不在身旁，又不知有没有人认得我尸，交付儿孙……”

胡思乱想之际，乔老儿觉得身边有些怪怪的，忙往左右一瞧，原来两旁还各有一个穿官服的人，官服上是豸补，显然是个小官，他们兀自扶着官帽，也正摇晃着昏沉沉的脑袋瓜。

隆隆的声音仿如千军万马，朝南方滚去，渐行渐远。

接着，忽来一阵惊天动地的巨响，顷刻之间，惨叫声、哭号声从四面八方响起，大地犹在震荡，空气中弥漫着一圈又一圈的不祥。

乔老儿觉得很是不对劲，抬头一看，西南方一角的天空，似乎多了些什么。

他抬眼望去，才发觉一朵巨大的黑云，正自西南滚上天，拉成一朵巨大的灵芝，还见有乱丝状的烟，从那个方向的屋宇之间飞射而出，在空中划出了一道道抛物线。

空中似乎有许多东西越过，只是太高了，瞧不清是什么。

乔老儿不知道的是，北墙的城门“德胜门”掉下了许多人手、人脚以及各种人的碎片，这些正是他方才所见，越过天空的东西。

“顺天府怎么了？……”他喃喃自语，“顺天府……”

满天的人手、人脚、人头、眼球、碎尸、树木、石头、畜生的肉块，淫雨般地下了整整一个时辰。

那一天早晨，顺天府的空气中，到处是血腥的气味。

不，是烧焦的血和肉的气味。

第 一 章

/

# 缘起

如是我闻……

——佛经常用开头语

## 婆罗门

建筑物里十分宁静，大部分研究人员都已经下班了，只剩下婆罗门一α51，还呆坐在他的岗位上，面对着冰冷的机器和仪器。

婆罗门一α51知道，加班是违反规定的，但他今天真的不想回家。

他太太今早刚去世了，尸体被清除队的人送去火化了，此刻应该有一小包骨灰摆在他的信箱里头。

他可以想象，当他打开家门时，那种迎面袭来的冷清。

他知道，他会受不了。

他害怕他会因为受不了而做出伤害自己的事。

婆罗门一α51发呆地坐着，聆听人声慢慢地从四周消逝，最后只剩下机器那几乎听不见的低吟，他又继续发呆了一阵，良久，他满脸的胡子才悄悄动了一下。

“肚子饿了。”他告诉自己。

但他没有胃口，也不想到挤满人的食堂，拿着饭票排队，耗费人生无多的光阴。

他没看手表，不过他知道他已经发呆够久了，再这样下去，他会崩溃的。

于是他伸出手，拿起面前的活页夹，打算用工作来让自己忘记亡妻。

他盯了活页夹许久，上面的字才慢慢地定焦，变清楚了，他要强迫自己抓回工作的感觉，让自己沉迷工作，一直到累得什么也不会想为止。

他走到一扇门前。

“止步。”一把冰冷的声音，苦涩地从门边传来，“A1胚胎室入口，质问来意。”

“我是婆罗门—α 51。”他告诉计算机。

计算机运作了一下，分析他的声纹，确定是他：“婆罗门—α 51，身份：地球人口研究中心主任。现在是下班时间，要求进入理由。”

他瞄了一眼文件夹，随便扯了个理由：“重新检核，发现受精卵θ 57766有瑕疵悬疑。”

计算机沉默了一下：“联邦万岁。”

“联邦万岁。”婆罗门—α 51响应，这是他四十多年来习惯性的响应。

“啪”的一声，门开了，他看着门上的“A1”两个大字慢慢倾斜，狐疑地观看入侵者。

一阵冷清从里面涌出，婆罗门—α 51闭上眼睛、憋着呼吸，迎接这扑面而来的寂寞和空虚，逼使他毫无防备地忆起了哀伤。

一条泪痕轻轻滑下他的脸庞。

## 胚胎室

再没有任何地方的“无菌管制”会比这里更严格了。

因为“地球人口研究中心”，是全地球未来人口的诞生之地。

婆罗门一α51是这里的主任，他十分明白研究中心的地位，也十分明白自己的地位。

在这里，他主持政府的“大融合”计划，将所有种族的染色体混合，目的是保证种族之间的差别和隔阂不再出现，因为已经统一的地球，不需要多元种族，只需要一个“地球民族”。

他将会是未来几年内地球新生人口共同的“父亲”。婆罗门一α51有一点点自豪地如此想着，抬头仰视眼前的巨大机器装置。

这巨型机器有着原始的母性——供给、保护、无私，还有神圣不可侵犯的威严，它是“母亲”。

婆罗门一α51深吸了一口气。

是的，在他眼前的是母亲，是他的母亲，是地球上绝大部分五十岁以下人口的母亲，也是茱莉安娜一α53的母亲。

想起茱莉安娜一α53，他又忍不住哀伤，同时想起了一个神秘的字眼：缘分。

从茱莉安娜的编号来看，他们之间的缘分是一早就在冥冥中决定的，当他们两人都还是胚胎时，当他们两人还在“母亲”体内，接受严密的计算机系统供给营养、恒温、模拟的心跳及呼吸声时，说不定，茱莉安娜就在他旁边的试管里头。

如今，茱莉安娜已化成尘埃，而他独存在世上，他无法想象将来会有多寂寞。

他一面胡思乱想，一面慢条斯理地清点胚胎，这些动作是做给计算机看的，免得将来有其他单位查核时，露出破绽。

他只不过想一个人静一静而已，这里上亿个胚胎不会烦他，也不会质疑他是不是真的在检核。

忽然，他的思路苏醒了，哀伤的心情受到干扰，暂时退去一角了。

他将视线移回手上的文件夹，刚刚随意扫过的那一部分。

“胚胎θ81402027……”他不敢用嘴巴复诵，只用脑子静悄悄地阅读数据，“AA152是326类型，AA153是965类型……”这种氨基酸组合，似曾相识。

他为他枯槁消沉的生命揪到了一丝意义，他要把握这一点意义，于是在心里开始了一连串冗长计算，手中仍假装继续工作。

计算终了，连他自己也忍不住冷了半截身子，肌肉中莫名地涌现一丝兴奋。

“是纯种！”知道这个结果之后，他有一种做贼之后的心虚、罪恶感、兴奋感和满足感。

θ81402027是纯种胚胎！

这个秘密只有他知道，目前为止只有他知道。

纯种胚胎是不允许存活的，一旦发现必须马上消灭，即使已经成人了，除非特别理由，也应该马上消灭！

因为这违反了“大融合”统一人类血统的计划。

可是纯种的机会只有一百亿分之一。

“纯种”的定义，是含有某个种族百分之八十五以上的标签基因。

婆罗门—α51内心起了极大的挣扎，他犹豫着，杀死一个胚胎非常简单，只须把它倒入洗手槽，再将试管丢掉就行了，胚胎太细微，他看不见他所屏弃的胚胎，是以一点罪恶感也不会有。

可是由计算机随机混合的基因，会出现一百亿分之一机会的“纯种”，可不是天天都有的事！

他让自己平静下来，粗略计算了一下：要是将来，任何一个将来被发现了，那么由这个胚胎长成的人会马上被消灭，他自己也会被查出判刑，而唯一刑法是“被消灭”。

这值得吗？

要是能观察一个“纯种”的成长，有什么不值得的？这是身为科学研究兼技术人员的一种自豪！

“更何况……”关于未来，他先不敢多想，眼前要紧的是行动。

于是，他拿起“纯种”旁边的试管，扯脱营养管、电线、电热板等等的装置，把胚胎倒入洗手槽，再把“纯种”胚胎移进去，然后扔了“纯种”原来的试管。

他记下这个编号，“纯种”的新编号。

θ81402028

婆罗门—α51再工作了一阵，然后才向计算机报告，他刚销毁一个有瑕疵的胚胎。

对于他的细心，计算机响应了适当的赞赏。

“我要离开了，请开门。”

“联邦万岁。”

“联邦万岁。”他回答，心里漾起犯罪之后的微笑。

## 菲立普

菲立普—γ49刚喝了杯咖啡。

他按照目前的心情和精神状况，调配了咖啡因、浓度、甜度都恰恰好的咖啡，让他顿时精神大振。

“今天又是个好日子。”他告诉自己。

没有烦人的政府公文，没有学生来问这问那，没有同僚来找麻烦，加上喝了一杯很称心的咖啡，所以应该是个好日子。

希望一直到下班都会是如此。

“查史者”菲立普—γ49，是地位最高的查史者，也就是历史研究院院长。

他按了一个按钮，一个屏幕从办公桌上出现，搁下空的咖啡杯后，他开始查看今天的工作。

他厌倦地看着屏幕，一个个跳动的字在他眼前掠过，忽然，有一个名字吸引了他的注意。

推荐人：婆罗门—α51

为什么这个名字会出现？

他当然知道这个人是谁，此人是地球人口研究中心主任，从他的编号“α”来看，是比“γ”早两代的人类，也就是第一代由人工孕育胚胎生产的人类。

“婆罗门—α 51为什么会出现在我的屏幕上？”菲立普—γ 49很快便知道了答案。

婆罗门—α 51是以推荐人的身份，推荐他抚养的小孩进入历史研究院。

小孩的名字嘛……没有名字，不，还没有名字，编号是θ 81402028。

菲立普—γ 49将身体靠上宽大的椅背，沉思一个刚刚出现的疑问：“真有趣，为什么取名婆罗门呢？”

自从地球联邦禁止“野生人类”后，人类一律由地球人口研究中心混种、孕育和生产，每一代都以希腊字母编号，所以……他算了一下，“θ”是第八代。

然后，这些“大融合”计划下的人类，可以无条件取得“公民”资格，到了法定成年年龄后，可以在自己的编号前面加上一个名字，依自己的喜好，任何名词都可以。

可是，取名婆罗门，实在太奇怪了。

现在这个地球上，还有多少人了解“婆罗门”这个词的意义？恐怕那些坐在统治者地位上的人，也搞不懂吧？

可是菲立普—γ 49懂！而且他明白这个词的深层意义，因为他是历史研究院院长！

如果婆罗门—α 51本身不清楚“婆罗门”的意义，那还好。如果他不但清楚，而且取这名字是别有深意的话……

菲立普—γ 49的嘴角挑起一抹微笑……

今天下午，他便可以见到婆罗门—α 51本人了，这一定是一个很有意思的会面。

因为，今天是个好日子。

## 试探

“幸会，幸会。”两人握手时，菲立普一γ49特地延迟一秒钟才将手放开。果然没错，他可以感觉到婆罗门一α51的警戒在这瞬间产生，接着迅速瞄了他一眼，手心还泌了点汗。

他利用这一秒钟的试探，知道婆罗门一α51果然有些心虚，婆罗门的确在害怕些什么。

相反地，婆罗门一α51身边的小男孩，虽然才十五岁，却毫无惧色，蓝色的眼神异常笃定，满怀把握。

“这男孩真不错，”菲立普一γ49注意到男孩东方人的面孔上，奇异地镶了双漂亮的蓝眼睛，于是他主动开始谈话，“你真有眼光，当初怎么决定养他的？”

婆罗门一α51咽了咽口水，极力让自己保持镇定：“我的配偶正好去世了，为了填补心灵的空缺，我才决定收养的。”

“哦，联邦的心灵填补方案，”菲立普一γ49世故地微笑，“我了解，或许我的心灵不需要填补，申请了十年，联邦还没批准我养小孩。”

婆罗门一α51不安地瞟了眼四周：“批评联邦是不对的……”

“联邦万岁！”菲立普一γ49刻意朝天花板大声说道，他知道那里有个监听器，“我没批评，联邦不可能有错误的决定，只是我不了解罢了。”

婆罗门一α51轻轻深呼吸一口，道：“我的小孩……”

“啊，θ81402028，对吧？”菲立普一γ49是向少年问的。

少年朝他微笑，微笑之中带有一种自信。

菲立普一γ49看见了少年的自信，心里又转过了几个念头：“孩子，你还没取名字吧？”

“先生，还没，”少年开口了，“父亲大人说，等我学习多一点历史之后，自然会知道该为自己取什么名字。”

“说得没错。”菲立普一γ49赞同地颔首，“孩子，你要知道，历史是一门神圣的知识，如果你加入了我的研究院，你会更加了解这一点。”

婆罗门一α51截道：“他在学校里，历史这一科都是满分的。”

“啊，我知道，”菲立普一γ49用手指敲敲桌上的屏幕，“他除了联邦语外，还学习了十五种古民族语，物理是全联邦三年级第五名，生物第三名……婆罗门一α先生，我真羡慕你。”

“谢谢夸奖，这是联邦的功劳。”这是婆罗门一α51进入这个办公室以来，首次露出笑容，他还不忘加上一句，“联邦万岁！”

“而且，你的历史知识想必也很不错。”

“还好，以前在学校不至于不及格便是，我是学生物的，你知道……”婆罗门一α51刻意强调了一下他的身份。

“地球人口研究中心主任，当然！当然！”菲立普一γ49仿佛刚想起来似的拍一拍头，“我明白了，你一定事先知道这孩子的基因组合。”

这突如其来的一问，婆罗门一α51大吃一惊，脸色发白，他发觉菲立普和少年都没注意到他的表情，赶忙深呼吸几口，听听菲立普接下来怎么说。

“……所以，你才会选他当你的儿子吧？”菲立普一γ49转过头来，“你真狡猾，选了个这么优秀的好孩子。”

“院长太会赞美人了，”少年微笑说，“我只是个小孩，需要学习的太多了。”

菲立普一γ49不置可否，继续他的话头：“其实，α主任，你一定想为这孩子取一个名字……”

“我不敢，联邦规定，取名字是孩子自己的权利……”

“迦蓝司。”

婆罗门一α51脸色又白了一阵，但很快又恢复了：“什么？那是什么？”

“你……不知道吗？”菲立普一γ49一脸不相信的模样。

“从来没听过。”婆罗门一α51笑着摇头。

“哦。”菲立普一γ49再暗示了一下，“你为自己取名婆罗门，我还以为……”

“我只是听过这个名词，听起来好听而已。”婆罗门一α51反问，“γ院长，什么叫迦蓝司呢？”

菲立普一γ49会心地瞟了眼婆罗门一α51，但很快又把视线移向少年，满脸笑容：“迦蓝司吗？啊，这解说起来很复杂，太复杂了。”

婆罗门一α51说：“那就算了。”

“父亲大人，”少年有些兴奋，“迦蓝司一θ81402028，这个名字不错呢，不是吗？”

“孩子，别匆忙下决定。”婆罗门一α51提醒他。

少年点头："我知道，名字只能取一次，我会慎重考虑的。院长，谢谢您的建议。"

"哪里。"菲立普—γ49反而有点不好意思，他怎么会用这种伎俩对付那么纯真的少年呢？"孩子，你想进入我们历史研究院，也经过非常慎重的考虑吗？"

"是的。"少年坚定地点头。

"你应该要知道，一旦加入，除非死亡，不得离开，因为，"他看了一眼婆罗门—α51，"你将掌握许多知识，而这些知识都是秘密，不能向研究院以外的任何人说，否则，泄露者和聆听者都要被消灭，你了解吗？"

"我了解，父亲大人告诉过我了。"

婆罗门—α51开口了："γ院长，这孩子我教育得很好，请放心，他将不会告诉我任何研究院的事，一如我不会告诉他任何'人口中心'的事。"

"对不起，是我多心了。"菲立普—γ49马上道歉，"只是刚才那些话，是规定中我必须要对他说的，联邦宪法中，称为'预设犯罪'……"

婆罗门—α51截道："我了解，相信我，我不是在责怪你。"

菲立普—γ49呼了口气："谢谢你的宽容，真的松了一口气。"

少年说："院长，请放心，我这个决定，是一年级就做下了。"

"很好，我很高兴将有一位优秀的成员加入。"

"院长的意思？……"少年欣喜地问。

"我批准了。"

婆罗门—α51终于咧嘴笑了起来，掩不住欣喜之情："恭喜了，孩子。”

少年兴奋地跑过去搂住他，又叫又跳。

那两父子离开后，首席“查史者”菲立普—γ49喝了第二杯咖啡。

他血液中荡漾着一丝兴奋感，似乎有一种风雨来临前的电离子效应，正在他的皮肤上跳跃着，他知道，这是一种期待的感觉。

他知道婆罗门—α51在说谎，那老头子！装得一脸无辜，但一点也瞒不过他！

打从婆罗门—α51一进门，他便知道他会说谎，因为婆罗门—α51的样貌正是古印度人的脸孔！虽然在“大融合”计划下，人的脸孔已经失去了古民族的种族特征，即使偶尔有人出现这些特征，也很少会有人认出，因为在这个“混种”的世界，没有可以用来比对的“纯种”脸孔。

可是，菲立普—γ49知道，因为他是历史研究院院长，他的数据库中拥有许多纯种古民族的照片，他看过，所以他知道真正的印度人会是什么面貌，正是婆罗门—α51的那种面貌！

一个拥有古印度民族脸孔的人，不知他的基因有多少百分比是印度人的呢？而且，他还取了个古印度语为名字，这不是很明显的“民族意识复活”吗？

婆罗门（Brahman），是古印度四大种姓中阶级居次的，是智慧的掌管者，拥有天地间的神秘和魔力，是掌握了与“神”沟通的方法的种姓。

婆罗门—α51取这个名字，反映了他内心最深处的意识！

于是，他下了结论：婆罗门—α51的思想很危险！

菲立普一γ49忽然有些得意，他觉得他刚才提出“迦蓝司”这个名字，实在是一项杰作，婆罗门一α51果然吃了一惊。很显然他明白什么叫迦蓝司，他刻意隐瞒他所知道的这个历史知识，而这个知识，应该是封存在历史研究院的秘密，一般公民不该知道的。

“迦蓝司”（Ganesh）是古印度诸神之一，祂有象头以及一个圆圆的大肚子，是主司智慧和学问之神。因为那孩子很聪明，他才想到这个古印度神明的。

啊，他很期待。

他很期待这个少年的加入，他很期待未来会发生的事。

菲立普一γ49满足地喝完咖啡，开始考虑是不是该打个电话给配偶，再讨论一次到“心灵填补”去争取领养个孩子。

## 沙也加

过去，“大毁灭”发生前的中古时代，曾有过一个叫“人口大爆炸”的时代，过剩人口摧毁了绿地，也使不少生物灭种。

自从统一战争后，“大融合”计划被彻底实行，人口被严密控制，旧的野生人类在自然淘汰下逐渐减少，新型的改良人类慢慢取代了大部分的人口。

只有人口减少之后，大自然才有喘息的空间。于是，绿地回来了，许多濒临绝种的生物也得以繁殖，地球的各个角落，举目都是自然的美景。

沙也加一θ83405761喜欢夕阳，因为这太阳遁入地平线的短短数十分钟，是变幻无穷的，像是一场华丽的光线表演。

她欣赏夕阳的同时，也在不知不觉中，把刚刚不愉快的念头抛掉了。

忽然之间，她感觉到一片特殊的宁静，她合上眼，聆听花瓣合上的声音，呼吸蜜蜂不小心溅落的花粉。

正在她陶醉的当时，一个温柔的轻触，让她睁开了眼，正好看到少年的嘴唇离开她的脸。

“迟到了。”她向少年说。

“我知道你生气了。”少年坐在她身边的草地上，陪她看落日。

太阳迫近了海平面，阳光变得更强更刺眼，几乎要让海水沸腾似的，它一触到水面，下沉的速度似乎便加快了，天空迅速被剖成片片的橙黄，镶着星星的蓝黑夜空，也轻轻披上来了。

不久，太阳变得像一条光亮的鱼，在水面犹豫了一阵，潜了下去。

沙也加一θ83405761感到一只手摆在她的腰上，把她推过去了些。

“肚子饿了吗？”她问那少年，注视少年蓝色眼睛中的落日。

“不饿。”少年又吻了她，“想跟你待久一点。”

“为什么迟到？”她轻轻地、不经意地问。

“今天下课迟了，学了很多新知识，下课之后又集体讨论。”

“学了什么？”

少年沉默了一阵：“你知道法律的。”

“连我也不能说？”沙也加一θ83405761用惹人怜爱的大眼看他，看他会不会就范。

"沙也加。"少年笑着摇头，然后搂住了她。

"我明白啦，我不会迫你，否则会被联邦定罪的。"少女也笑着搂紧他，幽幽地叹了口气，把嘴唇贴近他耳梢，"我好想跟你同居。"

"我也是……"他沉醉于少女的发香之中。

"我在粮食局的工作已经很稳定了，心里老觉得少了什么……我要你……"少女的呼吸加重，变成了喘息。

"你的……法定停经日，什么时候？"

"去他的。"少女开始搜索他的唇。

"沙也加。"少年轻轻推开少女，盯着她的眼睛，看见少女眼中的火焰渐渐褪去。

沙也加一θ83405761觉得扫兴，拨拨头发："你真是乖宝宝，不会改变。"她认识他好久了，太久了，当两人还在"联邦育幼中心"时便是青梅竹马了，回想那段还没有父母的日子，两人几乎每分钟都能在一起。

"沙也加，我也很想跟你结合，可是法律不容许野生人类……"

"你不知道避孕吗？"

"你知道，任何方式的避孕，都会被剥夺公民权的。"

沙也加一θ83405761沉思了一下："二旬之后。"

"二旬……"

"我已经开始服用E和LH了。"

E和LH是两种与排卵相关的激素，也就是雌激素和黄体激素。

少年抚摸她的手，柔声说："等你停经后，我们马上申请同居，好吗？"

沙也加一θ83405761点点头，虽然她有这个念头好久了，打从她小时候被领养之前就有了，一旦终于要结婚了，仍然会禁不住害羞。

到了“法定停经日”那一天，她所有的卵子会被抽取，归入“地球人口研究中心”，成为国家财产。那一天以后，她将失去生殖能力，且将会自动得到“做爱权”了。

想到这一天的到来，她忍不住感到异常兴奋。

她将炽热的唇迎上少年：“我好高兴。”

夕阳的余晖终于完全没入水中，一艘巡逻艇静静越过他们头顶，朝南飞去。

“对了，你的名字想好了吗？”沙也加一θ83405761忽然推开他，“同居证书上，需要全名，不能只写θ81402028呀。”

“说得也是。”θ81402028搔搔后脑。

名字吗？

加入历史研究院已经三年了，十八岁了，他还没决定自己的名字。

虽然他曾经考虑过“迦蓝司”——这是院长，也就是首席“查史者”三年前给他的建议——但他还是要慎重一些比较好。

因为，这个名字只能取一次，然后便会在他一生中如影随形。

而且，他还得小心，避免名字令人产生太多的联想。

因为，他知道，父亲大人早就告诉过他了，他是个“纯种”。

“反正还有二旬嘛，”他说，“沙也加，你放心，我也迫不及待，想和你合为一体呢。”

夜空下，两人的热吻使夜风变暖了。

他们的心，已经飞到了二十天之后的夜晚。

## 停经日

人类女性有一项特征，是在地球上其他生物身上找不到的，那便是“停经”。

人类女性自从出生，身体内已经备有一生贮存量的卵子，从青春期开始，会定期地每二十余日排出一颗，准备受孕，到四五十岁时，最后一颗卵子耗尽，便是停经。

人类的这种特征，造成了许多困惑。

停经后的女性，体内不再有排卵作用中产生的某些激素，所以女性的身体会出现多种令人不安的变化，许多疾病也会一一出现。这种现象早在地球联邦成立以前，就为人熟知，当时的医学人员提倡停经后服用激素，果然使很多令人担忧的情形消失。

这种做法，一直到今天还在使用，尤其现在联邦规定女性在青春期后必须实施“法定停经”，在生理成熟的年龄，将所有卵子悉数取出，提早了停经的到来。

卵子被抽出，有两样好处。

一是避免浪费卵子，因为女性绝大部分的卵子都没有完成繁殖的任务。

二是避免“野生人类”出现，因为失去卵子的女性，便失去了生殖能力，不可能再怀孕可能带有先天缺陷的野生人类。

自从强制执行“法定停经”以来，女性的心态有了极大改变。

原始女性的停经，是慢慢慢慢进行的，女性会察觉自己的身体正在转变，但“法定停经”将停经过程缩短成几分钟，所以当现代女性从“地球人口研究中心”步出来时，便会意识到她已经全然不同了，她的身体自由了，她的重担消失了。

她的卵子成为国家财产，被鉴定、分类、改造，在某个她不知道的时刻，与某个精子结合。

沙也加—θ83405761在胡思乱想之中，不自觉地觑了眼手表。

他又迟到了，而且还迟到了一个小时！

无论如何，今天是他们两人的大日子，他们二旬以前就约好的，怎么可以失约呢？

沙也加—θ83405761愠怒地离开草地，刚刚抽完卵子后的那股兴奋之情，渐渐转为怒火。

她坐上路边的车子，直接到他的家去。在车上，她已经盘算好待会儿要怎么好好骂他一顿了。

然而，抵达他的家门口，反而使她更加困惑。

房子没灯，暗暗的。

她去按门铃，按了很久，还是没人应门。

即使θ81402028不在，他父亲也应该在呀。

想到这里，沙也加—θ83405761心里的不安油然而起，她忍不住倒退几步，端详一下门口，看看会不会发现什么异样。

今天，她去地球人口研究中心时，并没见到θ81402028的父亲。她知道他父亲是那里的主任，她曾经来过这间房子，也见过他父亲，是以两人相识。

如果他的父亲知道今天是儿子未来配偶的“法定停经日”，是不是会过来探望她呢？但是没有，从她抵达那里到离去，都没看见他父亲。沙也加一θ83405761还记得，她向工作人员打听了一下：“主任在吗？”工作人员只蹙了一下眉，便到一边忙去了。

她走到窗口去望望，发现窗帘拉上了，什么都看不见。

忽然，她担心起来：“会不会……他到那里去了？”

想到这里，她赶忙上车，回到约会地点去。

在那里，她等候了一整个晚上，一直到早晨的阳光刺入她的眼睛，将她惊醒，才想起她流了一夜的泪。

她再到θ81402028的家去，按了三分钟的门铃，还是没人。

她不敢去询问，但她明白了一件事，那便是θ81402028以及他的父亲婆罗门一α51，确实已经失踪了。

失踪的原因只会有一个：在联邦的指示下被消灭了。

但她不相信。

不，是她不愿让自己相信。

第二章

/

# 证因寺

现在我并不是住在我们的理性世界里，

而是住在有如古代的噩梦般的-1的世界里。

——叶夫根尼·扎米亚京《我们》

## 早课

一日之计在于晨。

只不过清晨三四点钟，该说是丑时、寅时之间，钟声已经响起，把寺院里大大小小的僧人们唤醒了。

证因寺坐落在顺天府东城，四周围绕着许多建筑物，都还沉浸在凌晨最惬意的憩息中，但证因寺已经随钟声亮起灯火，黏着睡意的跫音，也在走廊上此起彼落，鱼贯涌入大殿。

待一百零八声钟声响过之后，大殿已坐满了僧人，管理威仪的“纠察”在僧人背后走过，小心检查他们的姿势，瞧他们是不是坐有坐相。

虽然住持正在闭关，依然不影响寺内的作息，早课平日便由专司主持仪式的“寺擭”负责，他站上殿前，开始主持往常一般的早课。

早课分两堂，第一堂念诵《大佛顶首楞严神咒》，总共两千六百二十字，第二堂念诵《大悲咒》《十小咒》和《般若波罗蜜多心经》。

这样子念完，功德圆满了，天也亮了，肚子也饿了，精神也来了，距离挣脱苦海、抵达彼岸，也更近了些，于是，僧人们便准备到斋堂去满足肉身的胃囊了。

僧人纷纷离座，列队走向门口，前往斋堂。

这一天跟过去的每一天都没什么不同，经文相同，步骤相同，肚子饿的感觉也相同，没人预料今天会有什么特别的事，或应该跟平日有什么不同。

慧施走着每日在走的老路，沉思一道禅门公案，好打发时间。他抬头望去，排在前面的僧人还很多，移出大殿的速度进行得很慢。

慧施并不觉得无趣，也不觉得有趣，他只是让自己活着过日子。

这一种念头，在下一秒钟就彻底改变了。

他不经意地回头，看见近乎空旷的大殿中，躺了一个人，一个赤身裸体的僧人，心里暗地一惊。

别的僧人看见他脸上的惊讶，也纷纷回头，一时宁静的大殿充满了议论声。寺攫也注意到了，赶忙走向那倒在地上的僧人。

“谁来帮忙？”寺攫一问，慧施便脱离队伍走向寺攫。

“师兄，是谁晕倒了？”当慧施看见那僧人时，才发现这个问题没有意义，因为他同时看到了一些不合理的事。

那个僧人，他不认识，至少不是证因寺的僧人。

那僧人赤身裸体，身边也没有任何衣物。

那僧人光秃秃的头上，没有香火烧过的戒疤。

僧人的身体异常柔软，似乎曾被人拆开又再组合起来过一般，像蛋糕般松垮垮的，要不是还有微弱的呼吸，几乎让人以为死了。

而且，他半合的眼帘下，有一双蓝色的眼睛。

## 早斋

那来历不明的僧人被抬到“云水堂”，慧施也从“寮元”那里拿来僧袍，替他穿上。

“哪儿来的？”寮元走来询问，两眼看不分明地眯着。

“云水堂”是寺中招待外来僧人的地方，而“寮元”是管理云水堂的僧人职称。证因寺的寮元是个老僧，法号明月。

慧施自小出家，当他还是小沙弥时就认识明月了，可说两人熟络得很。“今儿早课之后，便莫名其妙出现在大殿的。”他告诉明月。

明月思索了一下慧施的话：“莫名其妙？怎么说？”

“诵经时，谁也没见着他，等大家要去用早斋，他就忽然间在那儿了。”

“哦哦，”明月走近去看清楚那僧人的脸，“我道是哪个出家人犯了失心疯，忽然脱光衣服呢。”

“若是本寺僧人，寺擭也不会叫我送来云水堂了。”

“有理。”明月点点头，驼着背，蹒跚地走到一旁忙去。

走了几步，明月又回过头来：“外来僧人挂单要有度牒，他有度牒吗？”

“衣服都没了，更甭说度牒了。”

“那怎么办？”明月嘟哝着，“待会儿我问寺监去。”

慧施忙应道：“劳烦您了，师兄。”

慧施心里荡漾着一丝不安，眼前的这个人，激起他许久未有的好奇心。

他觉得这人代表了一种秘密，一种不可言喻的秘密，或许等他醒了之后，一切便会真相大白。但想象着一种秘密，令慧施感到有点高兴，因为自从十岁受了初坛“十戒”，当了沙弥之后，他便不再常常幻想了。从沙弥升级为比丘之后，他更是一心向佛祖学习，意图超脱人世诸苦。

眼前这人，让他童年时代的冒险精神复苏了。

“慧施，你还没用早斋吗？”明月又问他了。

“没。”

“去用吧，这人让老衲先照顾照顾。”

“师兄，早斋可以拿来这里用吗？”他实在不愿错过这人醒过来的那一刻。

他往门外望去，只见粉红色的鱼肚白，正慢慢染上天空，寺墙外也逐渐传来人声和车马声了。

## 清晨

菲立普—γ49很喜欢一大清早来到办公室，他的办公室在五十楼，有上佳的视野可以看日出，同时还能品尝他喜爱的咖啡。

但是今天，咖啡似乎失去了往日的芳香，他的生活也乱了步调，平常坚持要神采焕发踏入办公室的他，很明显地，近来头发有些凌乱，眼睛下也黑沉沉的，衣服的扣子也扣错了。

菲立普—γ49当然明白自己为什么会这样，但他不想告诉别人，事实上，是他不能告诉任何人。

回想起来，这一切的混乱是从几天前开始的，那一天，他收到了一份公文。

“你永远不知道生命何时会发生大变故。”这句话是谁告诉他的？

公文直接来自统治阶层，说需要借用一位研究员，并且指明要θ81402028这位二级研究员。

公文是这么写的：“θ81402028，三年来在历史研究院表现优秀，获地球联邦遴选参加TT任务，请见函后立即至TT任务中心报到。”

TT任务？

他知道这个研究计划，因为他是历史研究院院长，时常要提供资料给TT研究中心，他同时也是TT研究中心的顾问。

可是，他不知道TT研究中心已经升级成为“任务中心”了，这表示研究已经完成，是进行任务的时候了。

说到TT任务中心的任务，他不禁非常担心，他的担心是一种职业本能，也是一种历史道德，因为他是历史研究院院长，他非常在意他的身份。

但是现在他更担心他的生命。

因为θ81402028去参加任务之后，就没再回来，他的一切消息中断了，计算机中有关θ81402028的个人档案无故失踪，就像这个人从来不曾存在似的。

菲立普—γ49不敢去追查，他知道只有一种情形会像这样，就是统治阶层要让他消失，一旦他们要人消失，就会消失得很彻底。

为什么他们要一个十八岁的年轻人消失？

难道他们发现了秘密？发现θ 81402028是个“纯种”？而且是个纯种的……

想到这里，他忍不住打了个寒战。如果统治阶层发现他一早就知道这秘密，或许再过几天，他也会从所有记录上消失。

他知道怎么让一个人在记录上消失，因为这是历史研究院的工作之一，而负责这工作的，是另一个人……

菲立普—γ 49整个人弹了一下，才惊觉那是轻轻的三响敲门声。

在这种令人纳闷的清晨，是谁来找他呢？谁会比他更早来研究院呢？

办公室的门打开，一张漂亮的脸孔出现在门外，二十余岁的成熟曲线，散发出诱人分心的魅力，随时都会将男人的眼光诱过去，但是此刻，菲立普—γ 49心中只有一种感觉。

恐惧。

强烈的恐惧。

“日安，院长，”站在门口的美女似乎不打算进来，“您向来这么早来的吗？”她的声音很甜美，语调也异常地迷人，若是平日，菲立普—γ 49一定不会放过邀她上床的机会的。

但恐惧已经使他的脚跟颤抖，他知道肾上腺在急速分泌，瞳孔也缩小得让他感觉到张力了，他拼命控制自己以免失态，但他控制不了手心冒个不停的冷汗。

“院长？”她向他微笑，“这是我的研究报告初稿，想请您指正。”她手上果然有一份文件。

“什……什么题目？”

“您指导的，怎么忘了？”她连讶异的表情都那么纯洁，“题目是《古埃及与古巴比伦创世神话之比较》。”

“对，对，”菲立普—γ49走过去，把手伸到裤子背后擦干汗水，才接过那份报告，“没其他事了吧？”

女孩朝他亲切地一笑，合上门。

菲立普—γ49软倒在地，听得见心脏在撞击胸口。

那女孩叫苏—η99907，是历史研究院的资深研究员，再两年可能会被提名升级为“查史者”，而她另有一个身份。

她由统治阶层直接指派，专门消灭一个人的所有记录。

她是历史研究院“影子院长”。

## 三明治

菲立普—γ49有生以来第一次害怕他的办公室，即使阳光正从窗口进入，暖和他四周的空气，他还是觉得四周的墙壁太沉重了。

于是，他决定下楼去，到任何一家能让他不想进去的餐厅，喝一杯越难喝越好的咖啡。

当他步出历史研究院时，路上的行人车辆还很少，所以他马上便发现有一个女孩在注视他。

“是统治者派来的人吗？”他疑心着，不由得脚步也不自然了起来。

女孩一直跟着他后面几步之外，笨拙的跟踪技巧，又令他疑心自己的怀疑。

斜眼一瞟，他看到一家餐厅了。

14区36号饮食供应所。

这招牌一点也引不起他的食欲，不过这正是他需要的。

他坐好之后，点了一份三明治，加一杯又黑又浓的咖啡。

女孩很快走来他身边：“可以一起坐吗？”

菲立普—γ49环顾四周，座位很空。所以说，这女孩并不是来跟踪他的，或许，她是来要求让她加入历史研究院的，他跟过几个这种女孩上床，但他今天没心情。

“我这里没空位……”但那女孩已经坐下了。

菲立普—γ49先是一愣，然后苦笑说：“小姐，对不起，我今天……”

那女孩将他的三明治拿过去，用尖尖的指甲在面包上画出一些痕，再推回给他。

他讶异这女孩的无礼，不可思议地看了眼三明治，才发现女孩在上面画了一些数字。

81402028

他大吃一惊，猛然抬头时，看见女孩有一副特殊的东方面孔，眼睛却深不见底，那是一种将感情刻意隐瞒的眼神。

“幸会，院长，我是沙也加—θ83405761。”

## 云水堂

慧施注意到，这来历不明的僧人，眼球在眼帘下滚动得很剧烈。

他曾经密切注意过，有时他会失眠，会注意到身边的僧人也有这种眼球滚动的现象，而且有这种现象时，通常还会梦呓，所以他推断出那人正在做梦。

这个身份不明的僧人，会是梦见了什么呢？慧施好奇地靠近了些，想听听他在梦中说什么，却发现他听不懂这人说的话。

“这是何地方言？”慧施只听得懂顺天府的官话，其他各省的话他向来听不懂，或许可以向知客僧请教一下，因为知客常常接待各地的来客，对各种方言常略懂一二。

那僧人躺在僧床上，不安地微微动着身子，额头上冒出了冷汗。

他梦见在他生命历程中，印象深刻的一些片段……

那一天，他初次开始正式的研究员生涯……有一个胡子剃得干干净净的中年男人，很慎重地告诉他：“历史有两种，一种是给所有公民看的，一种是只有研究院的人员才能看的。”

刚开始，他不太能察觉到这句话背后的意义。

直到后来，他开始学习“真正的历史”，学得越多，他心里的疑惑越重，这种沉重的疑惑成了他的心理负担，他不吐不快，于是有一天，他去敲院长的门。

“院长，以前我所学习的历史，都是特地为公民编写的吗？”

“是。”菲立普—γ49的表情没什么变化。

“以前我学习的历史，说地球联邦是从历史开始以来就有的，说地球联邦是有一万年历史的文明……”

菲立普—γ49微微点头，眉头忍不住显露出他的忧虑。

“可是……我在这里学习到的是什么？一个又一个的战争，一百多个‘国家’，大毁灭之役、工厂、亚当事件……还有SX安德鲁事件……这些……”

“全是历史。”菲立普—γ49冷静地回答。

“如果这些才是历史，那么我以前学的呢？”年轻人更激动地说话，脖子肌肉紧绷得令人担心会不会裂开，“难道，全都是伪……”

菲立普—γ49实时阻止他说出接下去的字：“历史研究院三铁则，马上背诵一遍！”

他愣住了，但还是很快背了出来：“多学习、多研究、不怀疑。”

“乖孩子，好好记住了，尤其是最后一则。”菲立普—γ49咬咬牙，“历史，是记录过去的轨迹，一切有形的、无形的痕迹，都会留在上面，尤其，是‘无形的’。”说完，他深沉地凝视这年轻人。

年轻人咽了口唾液，内心感到澎湃汹涌，有一种想说出口的冲动，却不得不抑止这种念头，硬生生吞了下去。

“谢谢院长教诲。”他出去了。

他了解到，他刚刚差点跨越了一条界线，一条由地球联邦最高统治阶层设下的生死交界线。

想到这里，他感到冷汗在瞬间涌出了汗腺，在他的皮肤上结成一片潮湿。

好热！

他浑身大汗，不安地在僧床上扭了扭身子。

慧施一惊，转头去看他，以为他醒来了。

没有，那神秘僧人还在沉睡着，只是夏天的太阳已经晒上他的身体，让他出了不少汗。

慧施将窗户合上，室内顿时清凉不少。

“心垢除尽，清凉顿生。”咦？脑海里怎么浮出这句话？慧施心里一阵法喜，自顾自参起禅来。

## 数字

沙也加—θ83405761相信，她和θ81402028之间有一种神秘的联系，这种神秘联系只能够用一个古中国名词说明，它叫“缘分”。

这是θ81402028的父亲告诉他们的。

θ81402028的父亲是地球人口研究中心的主任，有一个古老的怪名字“婆罗门”。他说，他们两人的缘分是“七”。

“这是远古西方文明使用的神秘学问，叫‘占数术’，方法是把一个人的数字加起来，一直加到只剩下个位数为止。”婆罗门—α51如是说。

果然，沙也加—θ83405761将自己的数目加起来是34，再加起来便是七，θ81402028也是这样。

“那么‘七’代表了什么呢？”她想知道更多。

“七代表了对凡事不轻信，渴求揭露事情表象之下的真理。”婆罗门—α51说，“古希伯来人相信这个世界的一切，是由一个叫耶和华的神祇创造的，而祂花了七天创造世界，所以七后来也代表更接近那位造物主。”

“那么说，占数术是古希伯来人的发明？”θ81402028问道。

“不，是古希腊人的发明，我说的是后来古希伯来人神话普及西方世界以后，再发展出来的说法。”婆罗门—α51说，“不过，七这个数字在许多古民族都有神秘的意义，话说回来，其实每一个数字都被赋予了不同的神秘意义，这就是古代人类的伪科学。”

虽然说是伪科学，沙也加一θ83405761依然相信命运是一件奥妙的事，她相信她和θ81402028将有一个美好的未来。

不过，她也感到怀疑，θ81402028的父亲是地球人口研究中心的主任，但他的历史知识，似乎比一般公民来得太多了一点。

多得有点危险。

## 种族

θ81402028对于“两种历史”的事实，一直困扰不已，他的前辈告诉他，大部分研究员知道这个事实后，很快便会接受，因为地球联邦的每一项措施都是为了最美好的社会而设的，所以接受准没错。可是，像他这样子困扰的人也有，这些人要不是接受得较迟，就是不能接受，然后自动或被动离开研究院。

离开研究院之后怎样呢？

那位前辈没说，不过从他的眼神知道，他们会在告诉别人这件事以前，从所有的记录上消失。

θ81402028回到家时，心里不只是困扰，也为自己的困扰感到困扰。

“孩子，告诉我，有何烦恼令你心神不宁。”婆罗门一α51是他的父亲，早就将他的性情摸得一清二楚。

“研究院的事。”这么一说，婆罗门一α51就明白那是不能谈的事了。

婆罗门—α 51坐到他旁边，握握他的手："你不能说，但父亲倒是想告诉你一些事。"

θ 81402028暂时抛开自己的烦恼，听听父亲想告诉他些什么。是想说已故母亲的事吗？那位在他诞生以前就逝世的茱莉安娜—α 53？他常听父亲怀念地谈起她："她的皮肤很白，白得有牛乳的光滑，她笑的时候，我便感觉举世的幸福都降临在我身上了……"同时手上轻抚着一个小盒子，父亲说茱莉安娜—α 53就安眠在里头。

今天还是谈到茱莉安娜—α 53了，可是和往日有些不一样。

"孩子，你注意到一件事吗？"婆罗门—α 51指指自己黝黑的手臂，"母亲很白很白，父亲很黑很黑，还有一头鬈发，加上一堆浓浓的胡子。"

"鬈须。"他补充道。

"对，"婆罗门—α 51接着指向θ 81402028，"可是你的眼角往上翘，肤色也比我淡，你认为这有什么意义吗？"

θ 81402028摇头。

"去搜寻你们的数据库，关键词是'种族'。"

"种族？"θ 81402028搞不懂。

"种族是语言文字不同的古代族群，在一百年前已为单一的'地球民族'取代。"婆罗门—α 51说这句话时，说得很小声，而且是贴近他耳朵说的。

θ 81402028愣住了，良久才回答："是……"父亲怎么知道历史研究院的知识呢？这下子，他更困扰了。

婆罗门—α 51更小声了："不，这只是你们学习的第二种历史……"

θ81402028大吃一惊。父亲知道“两种历史”这件事！

“还有第三种历史，没人会教你，没人会告诉你，”婆罗门—α51神秘兮兮地说，“它就躲在第二种历史里面……”

说完之后，婆罗门—α51忽然大笑：“孩子，我可都教你了，以后对女孩子要温柔点哦！”还用力地拍拍他的肩。

他马上回过神来，尴尬地随便笑了几声。

客厅的某个角落，也随之有个声音，放轻松了下来。

## 中国

他知道他该怎么做。

首先，他的研究题目是《试论古气候对中亚地区历史的影响》，他先将这个题目输入数据库。

然后，他开始将一个个词目输入搜寻，查看有关数据，查看的速度要看起来是不经意的。

中亚地区、气候形态、经纬度、年雨量、风向、人口分布、农作物、日照量、**种族**、牲口、地形、战争……

每一条词目下的数据，他都用大约相同的时间浏览，不过还是在看**种族**的数据时，多花了二十秒钟。

他希望没有影响。地球联邦不可能去留意每一个公民的每一件小事的，即使注意到了，也不可能弄清楚一切之间的联系。

他脑海里忘不掉搜寻到**种族**时，所看见的数据。

那是一大堆照片，全是他从未见过，也从未想象过的照片。

每一张照片中的人，都有很明显的特征，而且个个有些不同，尤其是特别注意到了“印度人”的五官特征，几乎跟他父亲一模一样，还有“大和”、“朝鲜”这些人的脸孔，则和他本身还有沙也加一θ83405761的很类似。

他原本以为，种族只是语言文字和文化的不同，没想到在外观上也有极大的差异！这便是“第二种历史”也没有明说的部分吗？

为什么要隐藏呢？

如果不是父亲告诉他，他一辈子也不会想到来搜寻这个词目，因为地球联邦以前教导他的历史——给一般公民的“第一种历史”——告诉他，所有人类只有一种，天下一家，这也是人类与其他生物不同之处。

这种从小灌输的观念，像老树的树根一般，紧紧纠缠在他的脑袋中，在产生疑问的刹那，老树的树根也依稀有些松动了。

回家之后，他不动声色。

在寒夜的壁炉边，他告诉父亲和沙也加一θ83405761约会的情形，两父子交换了一下对女人的心得，然后婆罗门一α51鬼鬼祟祟地靠近他耳侧，一面微笑一面说：“孩子，女人嘛……”

接下来，他的声音只有父子两人听得见。

“……保持微笑。”婆罗门一α51说，“我查过，我有百分之六十以上的基因是印度人标签基因，所以我有古印度人的特征，我是‘大融合’计划的第一代，所以混种得还不够……”

“大融合？”

“嘘，不要问……总之，你还是受精卵时，我就发现了，你是‘纯种’，而且是纯种中国人，你有百分之九十七的中国人标签基因，只有眼睛虹膜的颜色基因不是……当时，你应该马上被我销毁的……”

θ 81402028忽然觉得身体凉了半截，脑子像是忽然供血不足，晕眩了一下，脸上的微笑也僵硬了。

他终于明白，他的存在本身就是一种死罪！他不应该存在的！

“冷静，微笑……听我说，去搜寻这些字……”

婆罗门一α 51接下来说出的每一个字，像烧红的铁一般，滚烫地烙入了他的记忆之中。

第二天，他保持轻松地去上班，但当他想起自己是个随时能被消灭的个体时，他已无法对别人如常亲切地打招呼。

他在走道上碰见院长。

“θ 81402028，你还不取个名字吗？你们那一代生产了那么多人，数目字也特别长，我可不想再念这么一串数目字，烦死人了。”菲立普一γ 49语调轻松地开玩笑。

“是，院长，事实上是太多选择了，我担心取了名字又后悔。”他认真地回答。

“别一本正经的，”菲立普一γ 49的笑容将眼角鱼尾纹挤成一堆了，“你的论文进度怎样了？”

“还要再搜寻一些数据。”

“加油吧。”菲立普一γ 49让他离开了。

菲立普一γ 49对年轻人离去的背影端详了好一阵子，喃喃道：“来日方长呢。”

θ 81402028坐在计算机前，尽量拭去指头的汗水，开始输入要搜寻的字。

沙漠型气候、高地气候、罹病率、死亡率、粮食、天文学、历学、气温变化、建筑形态、**宗教**、男女比例……

同一时间，菲立普—γ49坐在办公室，盯住桌上与数据库联机的屏幕，看着一个个被搜寻的词目滑过屏幕。

“开始了……”他喃喃自语，表情严肃，内心却燃起一股兴奋的火焰。

“纯种”细胞内深藏的民族意识遭到呼唤了！

## 正午

很奇怪，世界上的主要民族，都不约而同地为这个一天之中的某个时刻特地创造了名词——正午，一个理论上太阳下的影子长度最短的时刻。

为什么这个时刻如此重要，以至于要特别命名呢？有的民族还要特别放出一些声音，告诉大家正午来了，比如会在中午放炮或敲钟。

正午对僧人也十分重要，因为理论上午后就不能再进食了，可是每到这个时候，慧施便感觉特别地饿，或许是心理上知道自己将不能进食之故吧。

也正好是正午，那位来历不明的僧人睁眼了。

他睁开眼睛之后，先是发愣地瞧了好一会儿天花板，才转头来看慧施。慧施高兴地说：“你醒来啦？”

那僧人直看了他很久，眼神渐渐悲伤起来，也渐渐地湿了起来，似乎快要溢出泪水了。

“你怎么啦？”慧施关心地问，“你是比丘吗？还是沙弥？怎么没有衣钵？你是打哪儿来的？”

那僧人想坐起来，或许是因为刚起来，显得颇为吃力，慧施忙过去扶他一把：“你是汉人吗？刚才你说了一堆梦话，我都听不明白，不过除了眸子，你的长相的确是汉人……”

那僧人不嫌慧施唠叨，反而很用心地听，听着听着，眼泪就忽然溢出来了，还紧紧抓住慧施的肩膀，两手微微抖动着。

慧施有些吃惊：“你怎么了？为什么会突然出现在大殿，是遭到了什么变故吗？”他肚子里有一箩筐的问题，恨不得这僧人马上回答他。

“这……这……这里是……什么地方？”那僧人颇为吃力地吐出这几个字，似乎从来没有说过话似的。

“呵，你终于开口了，”慧施高兴地说，“此地乃证因寺。”

“证……因寺？”

“我了解，这个寺院不比法华寺、智化寺来得大，也没圣恩寺、圆通寺来得古老，可是你既然来到本寺云水堂，就该记得证因寺这个名字。”

那僧人很努力地听，听完之后，又很专注地重复了一遍慧施的话，才说：“证因寺……在哪里？”

这下慧施可有些疑惑了，这僧人原本就是忽然出现的，说不定根本连身在顺天府都不知道呢。于是，慧施很热心地逐字说明：“这里是顺天府，也就是恩诚坊，铸锅巷的证因寺。”

正午的阳光努力穿透窗格，在地上洒了一堆圆圆的光圈，室内的空气开始闷热起来。

慧施疲倦地呼了口气："好吧，你且歇歇，你也该饿了，我去拿吃的来。"

慧施离开后，那僧人愣愣地看自己身上的僧服，又吃惊又感动地环顾四周。

刚才他听见慧施说话时，是他有生以来第一次听见这种活生生的化石语言，以往学习时，只能猜测这种语言的发音，因为他的时代里，已经没有操用这种语言的活人了，所以在听见的刹那，他马上感动得流泪了。

激动之后，他开始警觉地留意四周，每一件事都可能是一条线索，每一件事都可能是一个关键。

"还有几天？"想到这点，他不禁咬起下唇来。

同样在正午，在炽热的艳阳下，沙也加—θ83405761站在一栋巨大的建筑物前，发现自己的体温因为紧张而有些下降。

她想起几天前的早餐，菲立普—γ49在三明治的面包上，画了这个符号：TT。

她回到任职的粮食局，搜寻和TT这个词目有关的粮食分配，终于获得了这个地址。

她的爱人就在里面吗？

想到这点，她咬咬下唇，大步走向那栋巨型建筑物。

# 第 三 章

/

# 东城

国家将亡，必有妖孽。

——《礼记 · 中庸》

## 失踪

空气之中，夹带了某种不曾闻过的气味，还飘游着阵阵宁静的呢喃声。

慧施在云水堂四下寻找，好不容易才找到明月，年老的明月正在树荫下盘腿坐着，迷迷糊糊地顿着头，像是在倾听佛祖教诲，津津有味似的。

他摇醒明月。

“师兄，那人醒了。”

明月口齿不清地嘟哝着，眯眼望着他：“午时了吗？”

“那人醒来了！您不是要他挂单吗？”

“挂单？哼，对。”明月伸了个懒腰，吃力地站起，蹒跚地随慧施踱入堂内。

来到那僧人的房间时，明月还没完全清醒，嘴巴不住地像在咀嚼什么东西：“抱歉，老僧来问你哪里剃度？何方人氏？”

“他不见了。”

“好……什么？”

慧施再说了一次，跺着脚：“他不见了。”

午后的阳光照在僧床上，细微的游尘在阳光中惬意地泳着。

## 铸锅巷

他对四周的一切很不习惯。

空气的气味是不同的，气温高得叫人难受，汗水早已湿透了僧袍，黏答答地贴在皮肤上。

“时间不够了。”他告诉自己。因为他不知道时间，所以时间可能十分不够，可能下一秒钟就会发生也说不定。

他从过去的研究中知道，这个时代的计时法跟他的时代相差十万八千里，连年、月、日、时这些最基本的单位都不一样。不过，有利的一点是，他从古文件中所知道的发生时间，是利用这个时代的计时法记录的。

天启六年五月初六。

真怪的时间单位。

他步出证因寺，朝左右看看，心想：“这里便是刚才那人告诉我的，铸锅巷。”

铸锅巷在顺天府的哪里？他抬头看，看见朝西有一个很高很大的屋顶，正是他在数据库中见过的：“统治者的屋顶是最高的，没人允许比他高。”

所以，那里一定是统治者的住家了吧？

他拖着软弱的脚步，慢慢往大屋顶方向走去。

一路走着，耳边听着人们的谈话，心里渐渐有一股踏实感，有一种回到家乡的感动。

就是这种语言，这种衣着，这种是他祖先所听、所言、所穿的，他感觉到时间的不可思议，经过了这么久远的时光，祖先的血仍在他体内沸腾着，带领他来到这里、这个时代。

他抬头仰望那个华丽的屋顶，稳重而沉着，充满王者气象。是的！这才是我祖先的土地，我的祖先曾经是伟大的，是一个神秘美丽、有世界领导者风范的种族，为什么还会消失呢？为什么在我的时代，没人认识我祖先的伟大呢？

他感到泪水滑下脸庞，脸上抹过一道痒痒的感觉。

不行，他要去警告那位统治者。

## 转折点

自从受到父亲的提示后，θ81402028从数据库中认识了不少那个叫“中国”的地方。他的基因是“纯种”中国人的，每一件有关中国的资料，都会使他的基因兴奋不已。

他感到他醒了，而且越来越清醒，这个种族曾被西方国家称颂，曾经有极高程度的文化和科技，独占亚洲一方，为何后来反而被侵略、分割，甚至被地球联邦统一呢？为何连种族都被融合、混种，在地球的表面销声匿迹呢？

当然，这些数据是偷偷查的，这些思考是偷偷想的，这三年的历史研究院是过得战战兢兢的。

一直到不久以前，院长收到了一封公函，召他到办公室去。

一见面，院长便说：“θ81402028，你还不取个名字吗？”

他一时不知该怎么回答，难道院长召他来，就是为了名字的事吗？

菲立普一γ49顽皮地笑道：“统治阶层直接来了封信，要给你的。”

他愣了一下：“他们要命令我取名字吗？”

“他们才不管这种事！”菲立普一γ49把公函递给他，“一小时后报到，楼下门口有车在等你。”

他嗅到一股不祥的味道：“这……会是什么事呢？”

“去了便知道啦。”

他忽然发觉，菲立普一γ49表现得很轻松是装出来的，但他依然掩饰不了紧绷的肌肉和冷汗在皮肤上的光泽。

在走到楼下的途中，他打开那封公函，看到了那个缩写：“TT？”想了一想，他确定他没听过。

不对劲，一切都不对劲，应该打个电话给父亲吗？他踌躇着，发现自己从未这么不安过，因为以前意识到的危险只存在于想象中，这一次是真正嗅到了危险的恶臭，已经迫近他了。

他已经没时间思考，一个表情冷酷、戴了顶蓝色鸭舌帽的人向他走来：“θ81402028。”他不是用问的。

θ81402028还没回答，另一个蓝帽人已经出现在他背后：“别惊动别人，你也不想害了别人吧？”

θ81402028屏住呼吸，鞋子里面已经泡了一袜子汗水。

他乖乖走出大门，上车。

## 席会

他不知道车子已将他载到了何处，他看不见窗外的风景，一路上他都没发问，他两边的蓝帽人也沉默得像两尊陶器。

大家都明白，答案最后一定会出现的。

下车时，他已经在一栋建筑物里面了。

更多的蓝帽人出现，一边三个，表情僵硬地将他送到一个升降机前。

“进去。”终于有人说话了，“门打开时，会有人迎接你的。”于是他乖乖地进去，看着门静悄悄合上。

升降机内没有任何指示，没有任何装置告诉他是正在上升或下降。他不知道他正前往第几层，但从升降机启动时的震动，以及高速行进中的压力感，他猜他正往地下去，而且过了很长的时间才到达。

他现在或许比任何石油矿还深了。

升降机减速、停顿，门一打开，他便看见一部机器人，它像一尊古希腊女神像，没有活动的关节，只有大理石的表情，但它被赋予了一把充满磁性的嗓子：“θ81402028先生，请随我来。”

“谢谢，”他跟随机器人走，“你叫什么名字？”

“海伦，特洛依5型。”

“你要去哪里？”他想，机器人会比较诚实，因为它们很单纯。

“去见十二人席会。”

他从没听说过这个名堂，于是他又问了：“为什么要去见他们？”

机器人沉默了一阵：“没资料。”

过了一会儿，在走廊末端出现一幅巨大的风景画，风景画慢慢消失，出现一面大门，大门后有张大圆桌。他知道这种风景画的门是新型电磁门，是由无数电磁波构成的隔幕，不但可以阻挡有形的物体（包括尘埃），也可以隔音和隔光线。

θ81402028穿过大门后，背后立时有一阵静电感，他知道电磁门又合上了。

“历史研究院第三年研究员，θ81402028是吗？”

他扫视一下，有十二个男女老少不同的人，围着圆桌而坐。

“是的。”他说，“请表明你们可疑的身份，我只效忠于地球联邦。”

“很高兴你这么说，”一个中年男人说，“不过，我们全体代表地球联邦。”

“什么意思？”

“地球联邦由我们‘十二人席会’统治，我是第一主席S—α999。”

θ81412028心里暗地吃了一惊，他怎么会见到地球联邦的统治阶层呢？而且，还知道了这个从来没听说过的十二人席会。如果这件事是个不宜宣扬的秘密，这是否表示，他们不怕他会说出去呢？

在下意识产生的恐惧中，他的头脑还很清醒：“那么，TT又是什么呢？”

如果他将很快被“处理”掉，那么，他应该很快会知道的。

## 东安门

他感到眼花、耳鸣，脑子浑得紧，身体的方向感也乱糟糟了，还好几次差点不支倒地。

路边有人议论着：“那和尚有些古怪。”

他抬眼一瞧，原来已经走出狭窄的胡同，来到一条大街上了。大街上人来人往，各种喧哗的声音一涌而上，听不惯吵声的他，马上觉得更不舒服了。

一个货郎担了一大担子的童玩、胭脂水粉和小用品，沿街叫卖：“李小郎喂——奶奶少爷们！”他一遍又一遍地叫，缓步钻入一条胡同去了。

运货物的牛车远远来了，牛颈上的铃铛提醒行人让路。他虽然疲惫，看到活生生的牛还是令他精神一振，那是以前只能在博物馆或图画中看见的。

他摇摇晃晃地走在街上，没看到面前一乘两人小轿飞奔而来：“和尚让开！”他没闪开，一个踉跄摔倒在地，只听轿夫一边跑一边嘀咕：“臭和尚不长眼睛！”便不知往哪去了。

他坐在地上愣了一下子，又再站起来，确认那个大屋顶的方向，才再往那边走去。他发现，他必须再进入窄小的胡同，才能到达那里，只要咬定了方向就行了。

重新进入胡同，一阵发霉的气味轻轻飘了来，一只手掌大的黑色老鼠鬼祟地跑过，他一手扶着墙壁，以免倒下。头昏已经越来越重了，他甚至不确定自己是否可能随时倒毙。

“支持下去！”他鼓励自己，“不然他们会死的！他们大家会死的！”

一个孩童在胡同边撒尿，看见他鬼魅的样貌，吃了一惊，拖着尿逃走。

他的记忆正一幕幕掠过，他希望能回到某个记忆，那个记忆中，有这里的地图，是他搜寻数据库时找到的地图，他用它来确定了“事件”发生地点。

地图的中间，是“皇城”，此地统治者行政、居住、闲游的地方，所以，如果他在东城，那他此刻一定是朝西走。

“朝西……”他喃咕着，多希望手边有个罗盘。

他抬头看，看见天只剩下窄窄一条，胡同里又阴暗又潮湿，高高的墙上还挂了一大串咸菜，飘来阵阵怪味。

脑子越来越混浊了，有好一阵子，他不确定自己有没有在走路，想低头看自己的脚，却发现只看见一团模糊。

他已经快到达极限了。

“我走了多久？”他没手表。

忽然，眼前再次豁然开朗，一片强光包围了他，他走出胡同了，眼前是一大片很高很长的墙，他到了，他知道他到了。

他沿着墙走，嘴里不清楚地复习打好的草稿，他要告诉墙后的人，这里将会遭遇的危险，然后更多的人会保住生命，古文明也不会消失，血统得以延续，搞不好还可以统一世界。

“咄！那和尚！”有人在呼喝。

他一直听到“和尚”，到底为什么？这个词的意义，不是应该是某个古宗教的修行者吗？

“拦着他。”一把低沉的声音这么说着，然后便有人用力抓紧他的肩膀。

“这和尚！干什么的？胆敢来撒野？”

他努力使自己清醒一些，终于看清来人手上拿了一根长长的东西，似乎是武器。

“这……”他生涩地使用这些从未用过的祖先文字，“这里是哪里？”

“你在闯皇城啦！这里是东安门！”

皇城？他来到了。他一阵欣喜，急着要告诉这些人，那些复习了好几遍的话，一时紧张之下，反而结结巴巴地吐不出来。

“天启六年……”他说。

他眼前的守卫看他可怜，回他一句：“现在是天启六年，怎么了？”

“会死，大家会死，会有很多人死……”他奋力说出。

“妈的！霉气！”

“疯和尚罢了，赶走，赶走！”

他没来得及听到他们的话，因为黑暗已经蒙上眼前，他整个人睡倒在地，意识在刹那间不知遁往何处去了。

忽然变得好安静，他的潜意识还有些不习惯。

## 相对论

“中古时代有位科学家，名叫艾伯特·爱因斯坦，古犹太人，你知道吧？”

说话的人是“十二人席会”的第一主席，S—α999。

“知道。”θ81402028承认。

“他提出了一项理论，据说当时没几个人能弄懂，”第一主席很满意地继续说，“他说，我们所观察的任何一件事都不是绝对的，而是相对的，同一件事会因为观察者的时空条件不同，而得到不同的结论。”

“我知道，可是这件事……”

另一名主席忽然大声说话：“历史研究院三铁则！”

θ81402028吃了一惊，但还是马上反应了：“多学习……”

“最后一条！”

“不怀疑。”

“很好，”那人说，“记住，在第一主席发言完毕以前，不得疑问。”

第一主席S—α999微笑说：“山姆主席，谢谢你。”然后瞟了θ81402028一眼：“我可以继续吗？”

他只好压制自己焦急的好奇心，点点头。

“好，在爱因斯坦的理论中，还是有一个绝对的事物，来作为其他相对事物的基准，那便是光速。”第一主席S—α999强调，“光速，一秒钟进行三十万公里，在理论中绝对不变，也没有任何高于光速的速度，因为如此，发生了一些有趣的现象，也因此建立了时间旅行的第一个理论。”

“时间旅行？”他还是忍不住插嘴了。

“有什么意见吗？”十二人席会中有人不太高兴。

“我刚才收到的公函……上面有TT，难道是古英语的……”

“没错，时间旅行（Time Travel），果然是学习十五种古民族语的天才。”第一主席嘉许地说，“在这理论中，光速绝对不变，任何物体都无法追上光速，即使物体本身的速度迫近光速，它所观察到的光依然会以光速行进，为何会有这种现象呢？因为它本身改变了，它本身的长度会依比例缩短，时间也会相对地变慢，因此最终光速依然不变。”

θ81402028暂时忘了害怕，陷入了思考：“时间变慢，所以……但这只是一直往未来走去，不算时间旅行。”

十二人席会中又有人发言了：“年轻人，我们每个人都是时间中的旅人，我们只能掌握当下的这一刻，而且永远只能往未来走去，趋向死亡的那一刻。”

“对，”第一主席赞同，“接近光速的旅行，能使旅行者时间变慢，假如以光速的四分之三旅行，旅行者的一秒钟，相对地我们会度过一秒半。”

这表示，旅行者的一小时会是我们的一个半小时，如果旅行一年，就会是“人世”的一年半。如果只以比光速少一公里时速的速度，时间便会延长为一万两千倍！

“所以你说得没错，这是有去无回的时间旅行，旅行者会到达一个没有认识的人、没有熟悉事物的未来。”

θ81402028搞懂了，他开始猜，这些人想要他干什么：“所以，你们找我来，不会只是为了传授我这个理论吧？”

“当然不是。”第一主席S—α999忽然满脸笑容，好像刚听了个笑话，又好像豹子捕到猎物之后的优哉。

十二人席会中有人说："这个方法，涉及的能源太大了，地球上已经没有足够的能源来进行。"

另一个主席接下去说："而且，另一个可行的'超空间'技术，又必须要有人类史上能量的总和，才可以完成，我们办不到。"

又另一个主席接着说："所以，我们开发出一个实用又节省的技术。"

第一主席微笑道："说起来，还是历史研究院提供的数据呢！"

## 棋盘街

曾经有一段时间，报社记者被人称为"通政"，这是源自古中国明朝时代有个叫"通政使司"的机构，专门负责各地奏章、陈情、申诉、建言，因为消息灵通，所以也出版全国发行的官报《邸报》。

说是"报"，其形式不像中古时代的报纸，只是一种手抄的文件，抄的是每日奏折、谕诏、人事变动等，一天可以抄上几页到数十页不等，由"通政使司"专人抄写，或有人特别雇人到各地衙门去再抄一份，所以后世称为《邸抄》。

"通政使司"正位于皇帝私人特务机构"锦衣卫"邻居，这种位置设计很有暧昧之处。

"通政使司"的总管是通政使张政图，他对隔壁的锦衣卫也感到有些感冒，想到他们就在旁边，心里就忐忑不安的。因为万一有什么事要逃跑的话，他是绝对逃不掉的，锦衣卫不消几步就能闯进来了。

每天最令他宽心的事，便是下班后回家，去和他的小妾沉香温存。沉香是他来京城上任之后才讨的，很讨他欢心。

每天上下班，他一定会穿过棋盘街，棋盘街横跨在顺天府最重要的前门“正阳门”前方，穿过它之后，便从西城跨入东城了。对张政图而言，感觉上像是来到了另一个世界，一个属于他的宁静世界，与西城的官场感觉截然不同。

他对棋盘街总有一种期待感。

那天他回家之后，告诉小妾沉香当日听来的怪事，便是证因寺出现一个怪和尚，凭空忽然在大殿现身，还寸缕不挂。

说完之后，他喝了碗冰镇酸梅汤。在炎炎夏夜喝上一碗，真个是透体沁凉，整个人便软酥酥了。

“可是，”听完故事，服侍他喝完酸梅汤之后，沉香还在不知想些什么，“我今天也听说了一个怪和尚的事。”

“是吗？”张政图不太在意。

“相公没听说吗？有个疯和尚闯东安门，口中直嚷说很多人会死。”

“很多人会死？”张政图和小妾相觑道，“怎么回事？”

“所以嘛，刚才相公提到有城隍爷要造册时，妾才会吃惊的呀。”

“真不吉利。”张政图心里烦躁，“这打哪儿听来的？”

“凤丫头说的。”

张政图点点头：“原来如此。”凤丫头是家中的婢女小凤，很得这位小妾的信赖，想来是她出外听来的饶舌。他沉思了一阵，身为通政使的职业性直觉，使他心里产生了那么一点不安：“那和尚呢？”

“相公问那和尚吗？”沉香见冰镇酸梅汤已喝光，一面收拾碗匙，一面用水灵样的大眼看张政图，“为什么？”

“如果他是疯子，你相公就该上奏皇上，要守城侍卫注意，别让他接近皇城。”

“嗯嗯，”沉香眨眨眼，一副很不热心的样子，“如果他不是呢？”

“不是什么？”

“不是疯和尚。”

“哦，那本官要问问他是何方人氏？哪里出家？现属何寺？”张政图想了想，“如果他妖言惑众，锦衣卫会去拘捕他的。”

沉香舔了舔上唇：“他讲完之后，便昏过去了。”

“然后呢？”张政图忽然疑心起来。

“然后什么？”沉香的眼珠子乱转一通，最后决定去看桌角，“啊，有灰尘，要李妈来擦擦。”便捧着碗匙离开了。

张政图的疑心挤满了肚子，连胃里的冰镇酸梅汤也变得怪怪的。

他自认并不是什么正人君子，跟其他考试当官的一般，是读书的慧性加上运气，才步步高升的，也不免沾上晚明的风气，尤其是当时的好色之风。

所以他看过那本《僧尼孽海》，一本传说是唐解元唐伯虎选辑的作品，写的是和尚尼姑们不堪入目的淫事，有光天化日淫人妇女的，有偷香窃玉的，也有登堂入室的，所以一想到那和尚是个男人，又想到小妾的表情，他便疑心得一夜没睡好。

他是个男人，而且是年过不惑的男人，面对年轻的沉香，向来有些自惭形秽，听到沉香口中提及别的男人，他的妒忌心便活起来了，自个儿折腾自个儿。

第二日，他疲惫地出门，将他的疑心带过棋盘街，带入了通政使司。

官场的压力在经过棋盘街后便笼罩了上来，楚河汉界界限分明，他不知他是卒子还是飞象，也不知这棋局还有多久？胜负是否早已隐藏了先机？张政图整个人自动进入备战状态，开始迎接又一天的险恶。

## 人选

θ 81402028没有做出任何反抗，他乖乖地被剃光了头发。

他们告诉他，以前的实验中，曾经有人因为头发塞进喉咙而窒息死亡。他想不通原因，但他接受了这种解释，因为十二人席会没有理由向要被消灭的人说谎。

剃发后，他被带到另一层楼，他很记得当时看到的一列字：PsiTTC。

当时他不明白这列字的意义，后来他很快就明白了。

“为什么我们要找你呢？”在送他进入PsiTTC之前，十二人席会有人问他，“θ 81402028，你知道原因吗？”

他沉默地注视那人一阵，才说：“不知道对不对。”

“我想是对的。”第一主席S—α 999微笑着说，“被消灭者都知道自己不应该存在的理由。”

“告诉我吧，我不想猜。”

于是他们告诉他了：“你应该知道，你原来就不应该存在的，因为你是个纯种，应该在胚胎时期就被销毁的。”

他以沉默应答。

他们接着说了："我们感到很奇怪，誓死对地球联邦效忠的婆罗门—α51，贵为地球人口研究中心主任，怎么会做出这种事来？"

第一主席S—α999微笑道："而且，更教我们好奇的是，他还要求收养你。"

θ81402028尽量让自己脸色没有变化，冷静地说："你们什么时候知道的？"

"比你早知道。"

θ81402028等他接下去，他听得出尚有下文。

"因为，婆罗门—α51内心不安，常常会做噩梦，说梦话，只要是说出来的话，玛利亚都知道，所以我们早就知道了。"

θ81402028早就知道，他们的一言一行和一举一动，都全部有人监视，这是父亲告诉他的，问题是："谁是玛利亚？"他没问，只将这个问题与那个未解的名词PsiTTC一起摆在心里。

他问的是："既然你们早就知道了，为什么不早点消灭我？"

第一主席S—α999露出怜悯的眼神，说："孩子，因为我们爱惜人才，你很聪明，自幼便智力超人，单就这一点，我们便希望你暂时活着，一直到我们能够借用你的才华为止。"

堂皇又实在的理由。

"谢谢第一主席的赞赏。"

"不必客气。"

"可是我还是不明白，"θ81402028说，"诸位可敬的十二人席会，难道现在正是借用我、然后消灭我的最好时机吗？"

"是的，孩子，现在是借重你的最好时机，"十二人席会有人回道，“不过我们并不希望现在消灭你，但我们不敢保证。”

“怎么说？”

“我们很珍惜每一位历史研究人员，每一位都是地球联邦的重要资产，但是时间旅行需要历史研究人员……”

他帮他们接下去：“可是时间旅行现阶段仍然很危险，可能杀死旅行者。”

“没错。”

“而我正好是不应该存在的人，又正好是历史研究人员，所以你们选上我了。”

“对极了。”

“可是你们不想我因此而死，否则你们会不舍得使用其他历史研究人员。”

“完美的正确思考逻辑！”十二人席会不禁赞叹。

他不放松地追问：“为什么一定要历史研究人员呢？”

他问对了，因为十二人席会忽然沉默了下来，好像全都变成了大理石般，连脸上的表情也抹去了。

好一阵子，第一主席才说话：“θ81402028，这你要听好。”

他很想回答“我一定会听好的”，因为此刻他早已绷紧神经，将他得到的每一条信息串联起来，企图找出通往真相的脉络。

然后，逃！

他完全没有逃得了的把握，因为地球联邦统治了地球上的每一寸土地，包括南极的冰原和海底（海沟除外）。

虽然没有把握，他天生的好奇心也让他热切地想要探知真相，不知为何，他忽然忆起在数据库读到的一句话，是古中国一个名人说的：“早上听到了真理，即使晚上便要死了，也甘心。”

他还是没把握。

他更没把握他会甘心。

第一主席S—α999说：“每一位历史研究院的人，都知道我们有两套历史。”

θ81402028静静点头。

“所以，除了历史研究人员，没人知道过去的地球，是一个怎样的世界。”

“你们知道。”

“我们知道，没错，但我们不可能进行时间旅行，地球联邦需要我们。”第一主席说，“所以，过去有数次成功的时间旅行，我们知道要把人送到什么时间，但旅行者不具第二套历史知识，所以无法辨认他到的是不是正确的时代。”

原来如此，他们要他去确认时代，确认时间旅行的精确性。

他还在犹豫之时，一位主席忽然加了一击：“你在担心令尊吗？”

θ81402028震了一下，难道父亲也会有事吗？

“我们十二人席会，以玛利亚之名保证，只要你忠心完成任务，对于令尊的行为，我们将不消灭他。”

他发现自己的衣服在瞬间湿透了，恐惧的冷汗从汗孔涌个不停。

## 噩梦

他永远不会忘记，进入PsiTTC时所看见的一幕。

PsiTTC是个房间，房间里面的温度、湿度和空气比例都十分舒适，灯光也十分柔和，令人一进去便有一种不想再出来的愉悦感。但是，房中总是有一种低回的声音，单调的音节在空气中微微振动，保持固定的频率。

真正令他忘不了，紧紧烙在心中的，是分据房中八个角落的人头。

是的，人头，八个分别浸泡在某种液体中的人头，悬浮在一根管径适当的长玻璃筒中，人头下端还垂着长长的脊髓，和无数分支的神经。

“各位好。”十二人席会的主席们，一一向人头们打招呼。

θ81402028听到人头们善意的回答，不，那不算是“听到”，因为所谓“听”应该是音波经由耳朵接收、振动鼓膜、使耳神经去极化、神经信息传送到大脑听觉中枢、再分析成“听觉”，我们才能“听到”。

可是人头们的回答，省略了这一堆前面的步骤，直觉将“听觉”插入在场众人的听觉中枢，而不需要经过空气传递声波。

刹那间，θ81402028领悟了PsiTTC的意义——只是不确定对不对。

Psi，是古希腊字母Ψ，是第二十三个字母，这个psi应该就是古英语的Psi power（心灵能力）。

再加上TT两个字。

“难道？”将这两个名词连在一起，令他心里大为讶异，“难道这正是最节省能量的时间旅行技术？”

八个人头悠闲地泡在自个儿的小世界中，似乎十分惬意，他们有男有女，但脸上的皮肉因为泡了太久液体而显得浮肿，看不出喜怒哀乐。

第一主席S—α999说：“各位奥米加，有什么不满意的地方吗？”

θ81402028又暗地里吃了一惊，因为第一主席称这些人头“奥米加”，那是古希腊字母的最后一个：Ω。他知道父亲和第一主席都是以“阿法”（α）编号的第一代，而他自己也只不过是第八码的“希塔”（θ），怎么这些人头们会是第二十四码亦即最后一码的奥米加呢?

人头中有人响应了：“一切很好，谢谢。”

“这个人是新的旅行者吗？”

“是的。”第一主席看来有点高兴。

然后，八个“奥米加”人头朝他微笑。

θ81402028可以想象，要一个人头微笑是有些困难，不过比旋转颈部简单多了（因为颈部的主要肌肉已经截断了），而且他们浮肿的皮肉，因为微笑而挤成一堆，实在是不太美观。

八个人头的微笑，深深地埋入他的恐怖记忆中，他已经确信他们会常常出现在他的噩梦中。

事实上，他的确梦见了。

人头的微笑，使柔和的灯光看来更阴森了，他感觉呼吸变得急促，空气变得又浓稠又沉重，不，那不是空气，那是水！他也变成人头了，他也被浸泡在液体中，他也在呼吸着水！水流入鼻子和口腔，穿过喉咙，流出颈外，再吸入……再流出……

“大夫，他究竟怎么了？”朦胧中传来一把清脆的声音。

“恐怕是太虚弱了，心火又旺躁。”一把老迈的声音慢慢说道，

“老夫开一剂安神药，你们见他醒来，让他多喝些汤，补元气，他身体累，又饿了。”

吸进去……再流出……

“原来太饿了，”一把粗豪的声音爽朗地说，“我饿坏了，也会这样子呢！”

“咄！谁像你饭桶！”那把清脆的女声，语中带有笑意。

吸进去……再流出……

噩梦逐渐变淡了，只不过刹那之间，他的精神忽然变得很清楚。

“醒来了。”那女孩轻呼道。

那老人又说话了：“好吧，这帖药方且收好，明早去抓药，今天先喂饱他再说吧！”

“多谢大夫！”粗豪的男子说，“我来提灯。”

“不必送了。”老旧的门钮发出呻吟声，开门声，关门声。

他睁开眼，看见一对年轻男女。

他努力地抖动嘴唇想说话。

“和尚，你昏倒在东安门，可记得吗？”

他听懂这人的话，也记得他说的事，可是这不是重点。

他几经挣扎，才努力地说出这几个字：“今天……日子……”

这才是他最想知道的。

# 中场一

除了认为世界是充满了神力的观念之外，

未开化的人们还具具有一种不同的，

也许是更为古老的观念。

——J.G.弗雷泽《金枝》

历史研究院数据库搜寻时间：地球联邦10553年第二十七旬第五日14：23

搜寻人：η99907

## 名词解说一：次元

古德国数学家乔治·伯尔尼哈特·黎曼（George Bernhard Riemann），提出新的学说，后来发展成“黎曼几何学”。在他之前的远古数学是以二次元（平面）和三次元（立体）为基础，在他之后，开始向更多次元、更高空间挑战。

爱因斯坦的相对论，将时间加入成为第四个次元，使可见的“物质”与不可见的“能量”成为同一回事，只要经过一条简单公式 $E=MC^2$ 就能互相转换。

足以毁灭世界的原子弹，也因为这条简单公式而诞生。

科学家们野心勃勃，想要利用这个方法，统一物理学中的四种基本力（重力、强力、弱力、电磁力），依照推算，爱因斯坦加入第四次元便统一了物质和能量，统一四种基本力至少需要十个次元。

科幻作家比科学家想象得更快，由约翰·坎伯（John W. Campbell）提出了一个新名词：超空间（Hyperspace），涵盖一切比咱们三次元空间更多次元的空间。就如三次元的我们看二次元时是一张平面，在更高次元中，三次元可能可以像纸一般被折叠。

如果把巴黎折过来贴着东京，只要从东京跨出一步，就可以踏上香榭大道。

或任何地点。

如果把今天折过去贴着昨天，只要脚跨对了方向，就可以马上回到昨天。

或任何时间。

问题是，如何制造更高次元？如果要成功，我们或许需要由古至今地球上的所有能量，才能进入更高次元。也有人认为，只要经由“黑洞”这种空间扭曲的宇宙现象，就能到达另一时间或另一空间，但不幸的是，可能在到达之前，整个人（连同宇宙船）就会瞬间被黑洞的潮汐力拉成一条线，壮烈牺牲。

但是，许多人忽略了一个很多人正在谈论的事。

其实，在很久很久、很久很久以前，早已经有许多人，能自由地穿梭“超空间”了。

以某个在古代地球十分有名的人物为例，这个人来自中古时代，共和国时期的印度。

他名叫释达坦·乔达摩，或被尊称为释迦牟尼——释迦族之觉者。

## 名词解说二：神通

古代有一种团体，称之为“宗教”。

其中一个大型宗教，人以其教祖的尊称“佛陀”来称之，或简称佛教。

佛教里有一个说法：一个信佛、学习佛的方法的人，到了某个程度，会产生“神通”，也就是超出五种感官以外的神秘力量。

一般常言的神通，有六种。

天眼通，能看见“六道”之一切，看见超出眼前的事物。

天耳通，能听见“六道”之一切，听见超出耳际的声音。

宿命通，能知过去未来一切事物的原因和结果。

神足通，能变换外形，能出现在远距离的另一个地方。

他心通，能知道别人心里想些什么。

漏尽通，断尽烦恼，因此不再投生于这个迷茫的世界。

这些神通，偶尔会有人天生拥有，也有人后天意外获得。

如果看看前面四项神通，会发现它们正好是“超空间”的特征。

身处超空间，我们的三次元空间就如可以随意折叠的纸。但是我们人类的感官，在数百万年的演化中，并没有器官能够感觉三次元以上的次元，即使身处高次元空间，依然浑然不觉。

或许拥有神通的人，掌握了一种方法，能让自己开发出第六种感官，能感觉到甚至能让自己进入到超空间，所以它们后来被西方民族称为ESP，即为“超感官知觉”，或称超能力（Psi power）。

也就是说，我们可以不需要投入天文数字的金钱，制造超高能量来制造超空间，我们只需要“神通”，就能进入超空间，利用超空间，前往不同的时间和／或空间。

“神通”是一种廉价、有效，但没有安全保证的超空间旅行技术。

**指令：搜寻停止**

**指令：删除搜寻记录**

**指令：删除进入数据库记录**

# 第四章

/

# 火神庙

日头要变为黑暗，

月亮要变为血。

——《新约·使徒行传》2:20

## 闭关

证因寺的住持法航心血来潮，忽然宣布要闭关七日。

他原本想闭关更久一些的，但是证因寺虽说规模不大，杂事却很多，虽说寺务有“监院”管理，俗客有“知客”接待，但是寺院财源的施主们，不是知客僧就能应付得了的，所以住持只好短期闭关了。

话说回来，住持之所以想要闭关，并不是一时兴起，而是某日研究经文时，忽然心里一阵悸动，身体无来由地冒出冷汗。

他深深感到不祥，却又不知从何说起。

“老衲道行不足，”法航告诉“衣钵”敬元，“必须闭关，精进修行，或可窥知天机一二。”

“衣钵”是住持的秘书，负责住持的一切起居与对内对外事务，所以闭关的消息是由他宣布的。

住持的内心，深信那阵突如其来的恐惧，一定代表了什么非同小可的事，他这些年深居简出，心境平静，所以对这种不祥的感觉十分敏感。

他希望借由闭关，完全排除外界的干扰，使心境达到纯一的境界，以期洞悉时空中的不可思议，知过去未来，以知有什么可怕的事即将发生。

说真的，连他这位德高望重的住持，也从未到达“神通”的初级境界，更甭说知晓过去未来了，他相信这是因为证因寺坐落于顺天府这个大城之中，俗务过多，凡世的尘埃使他无法精进。

所以，是该下定决心的时候了。

闭关！闭关！修行！修行！

闭关在住持的方丈室进行，每日只有饮食出入，有僧人在门外把守，不准有其他人或其他声音靠近。

如此这般，闭关进行到第五日，傍晚，住持忽然开门了。

守门僧很是讶异，他不敢问住持，为何闭关尚未满七日便放弃了。他向住持行礼时，注意到住持一脸可怕的憔悴，神情狂乱，连手掌都泛着汗泽，微微发抖。

“传衣钵。”住持用颤抖的声音说。

守门僧慌忙去了。

衣钵僧敬元来到方丈室，窜入房中，依住持的指示回头驱走守门僧，然后合上门：“住持，请说。”

住持法航深吸了几口气之后，说话才比较平顺了些：“今日寺中如何？”

“一切安泰。”

“没异常的事发生吗？”

“住持何出此言？”衣钵深感困惑。

法航叹了口气：“老衲道行不深，闭关首日尚没事，到了第三日上，心为魔祟所扰，无法平静。”

“心魔是考验，佛祖悟道前也遇上心魔的。”

“老衲明白，只是这心魔实在太恐怖，”住持心有余悸地说，“老衲在入定时，感到超脱了凡世，站在太虚之中，俯视顺天府……”

衣钵用心听着。

住持的瞳孔忽然缩小，视线刹那陷入空洞之中：“忽然，一阵强光，教老衲张不开眼，只见血肉纷飞，一块块人的碎片擦身而过，一片烧焦的舌头飞过老衲眼前，似乎还在尖叫……”

“住持，那是……”

“然后，一股沉重的压迫感突然迫近身边，老衲大惊，回身一瞧，瞧见一个比丘，全身赤裸，直奔证因寺。”

衣钵忽然省起：“是了，住持，今日确有怪事！”

住持回过神来：“快说。”

“今日早课刚毕，大殿里没来由出现一名比丘，之前完全没人看见他，他赤身裸体，还昏迷不醒。”

“人呢？”

“交给云水堂了，还有一名比丘帮忙照顾。”

“云水堂……是明月在管理吧？”

“是的。”

“快传！”住持变得紧张又兴奋，这是他第一次如此清楚地感受到“神通”的威力，他希望赶紧能真相大白，“也传那位异僧！”

不久，老迈又步伐颠簸的明月老和尚来了：“寮元明月，来见住持。”

“辛苦了，那位比丘呢？”

“那位比丘自从早课以来，一直昏迷不醒，直到中午才醒来……”明月说得很慢，嘴巴也老得有些不灵活，连老成的住持也听得毛躁起来。

“他还在云水堂休息吗？”

“不，他失踪了。”

“不见了？”住持与衣钵面面相觑。

“是，他醒来后，照顾他的慧施赶忙来找我，我俩来到云水堂，便不见踪影了。”

衣钵忙问：“你可知他是哪寺的比丘？”

“他来时身无一物，没‘戒牒’也没‘度牒’，不知来自何处。”明月想了一想，说，“还有，他可能也不是比丘。”

“什么？”住持一惊，“为什么？”

“他头上没有戒疤。”

元朝时，汉僧要爇顶，也就是用香火在头顶上烧成疤，以跟非汉族的喇嘛僧有别，到了后来，居然成为例行手续，也成了僧人标志。

“没戒牒，没度牒，又无爇顶，恐非出家人，”衣钵说，“住持，该当如何？”

住持舐嘴道：“老衲有一种感觉，佛祖所言之末法之世，将会发生极大的恐怖事件。”他沉默了一下：“老衲一定要找到他。”

他相信，那个来历不明的僧人，是一把钥匙。

## 正思

“和尚，和尚，你叫正思是吗？”他听见有人这么问他。

他不叫正思，更不知什么叫正思，他只想问：“今天是什么日子？”距离天启六年五月初六还有多久？

“鸿福，别烦他啦！”清脆悦耳的女子声音，随着一股香味传来，“我给这位小师父喝碗汤。”

他闻到汤的香味时，才惊觉自己的肚子已经饿得太过火了，整个收缩得像干枣子的胃囊，这才又再度出现了生机。他接过女子手上的汤，一小口一小口地小心喝着，因为他知道，饥饿过久后不宜吃得太快。

“正思师父，还要再多喝些吗？”

他抬起头，困惑地问：“为什么……叫我正思？”

“你难道不是正思吗？”那名叫鸿福的粗豪男子走向他，掀起他僧衣的领子，“瞧，这里绣了名字。”

他拉起领子，低头一看，果然笨拙地缝了“正思”二字。

看来，是僧衣的上一位主人缝的，上一位主人要不是出外游方，便是去世了，僧衣才会被拍卖，落入他人手中。

他记得是……刚醒来时，有人为他穿上的。

“我……没有名字。”

鸿福和女子讶异地看他。

“没名字？”女子说，“没名字，那别人怎么叫你？”

“希塔，”他很老实，“八一四〇二〇二八。”

三人互视了好一阵子，仿如初识的狗儿，互相嗅着、试探着，思索下一步该要采取什么行动。

“我……”θ 81402028忽然说，“想再喝。”他伸手将碗递给女子。

女子怔怔地接过碗：“好。”

“呃……”他又说话了，“请问，今年是哪一年？”

“虎年。”鸿福很快回答。

“不，不，”θ 81402028赶忙摇头，“年号，是哪一年？”

此时，外头传来打更的声音，敲过更鼓之后，只听更夫嘶哑地嚷道：“天干物燥，小心回禄。”

听着更夫过去了，女子这才回答：“天启六年，再过一个时辰，便是五月初四了。”

## 蚩尤旗

五月初三，当日，“司天台”的天文官们观察到，顺天府东北角的天空出现一道红色的云，形状如同从空中垂下的布，在微风中缓慢地荡漾。

“这在四月二十七日也看过。”

他们去翻阅记录，果然，有这么一条。

四月二十七日午后，有云气似旗，又似关刀，见在东北角上，其长亘天，光初白色，后变红紫，经时而灭。

云的形状是垂直的，风是横吹或斜吹的，是以云一般理应是横卧的，所以何种原因会产生这种垂直的云呢？无论说是像旌旗、像关刀，或像匹布，都只不过是垂直的云的变化罢了。

这令我们想起，古犹太人奉为无上圣书的《神圣的诸书》，便提过一名叫摩西的伟人，他是古犹太人除了至上之神耶和华之外，最被崇拜的人类，因为传说中，他曾将古犹太人带离古埃及人的奴役和苦难，还颁布了他们族中的十条律法“十诫”。

而传说中，带领他们逃出埃及的，是一条垂直的云。

五月初四，垂直的云再度出现，这次是黑色的，形状像“如意”，也就是一种像双曲线的装饰物，听说本来是一种抓背用的“不求人”。

总之，垂直的云出现过于频繁，引起注意。

“这叫蚩尤旗。”天文官之中有人说。

蚩尤旗，是古代占候术中的名词，早在先秦时代便有了，汉代司马迁在《史记·天官书》这么写：“蚩尤之旗，类彗而后曲，像旗。”

“非也，”天文官们议论纷纷，“蚩尤旗不是云气，而是一种星，一种很像彗星的星。”

有人附和：“而且，《吕氏春秋》说，蚩尤旗该是上黄下白，此物黑、红、紫、白皆具，不该是蚩尤旗。”

“或为太白？”有人提议。

太白，就是金星，古时又称“长庚”，《天官书》说：“长庚，如一匹布着天。”看来还是指某种彗星之类的现象。

“诸位认为，此象吉凶如何？”

“此种云气，形同彗星，说像太白或蚩尤旗，都有些像。”

“有说，蚩尤旗乃荧惑（火星）之精，荧惑主战，《天官书》言：见则王者征伐四方，而今……”说到这里，他住口了。

因为，而今正是明朝衰世，上个皇帝朱常洛才当了三十天，就吃了两颗红丸而隆重驾崩了，接着又登基了个不理朝政的皇上朱由校，天天只顾和宠妃贵人们作乐。

当年汉武帝时出现蚩尤旗，便举国出兵，征伐了数十年，而今这个天启皇帝，谁可能巴望他征伐四方，重振雄风？不被人征伐已是谢天谢地了。

“可是，若说像太白，也对。”

因为太白星是用兵之象，言下之意，天下用兵正是这些年的事，云气出现的东北方正是女真族辽东之地，这些年来，“奴酋”努尔哈赤的确不可小觑。

不过这些话，大家心照便是，目下锦衣卫和东厂都在争功，看谁抓的人犯最多，司天台的天文官们不过混饭吃，无谓白白抛头颅溅热血。

不过，大家都有一个共识。

天下有变。

至于变在何时，他们便不知道了。

## 鸿福

五月初四，天明。

炎热的五月天，早起的太阳，闷得令人睡不好的气温，令

θ 81402028浸在汗水中醒来。

饱食之后，又有充足睡眠，使他觉得自己焕然一新，脑子也愈加清澈了起来，他重新审视昨日的点滴经历，希望尽快发现错误，修正自己的计划。

门口推开，鸿福满头大汗走了进来，他刚担了一大捆柴火到厨房去，还完成了好几件早晨的例行工作。这里也是他的房间，θ 81402028只不过借宿而已。

“早啊，正思。”

θ 81402028马上反应：“我不叫正思。”

“行行好，你的名字太难叫，就让我们叫你正思吧。”鸿福取来一块布，抹去头颈的汗水，“你说话变溜了嘛。”

此刻θ 81402028的脑筋十分清楚，昔时学习钻研的古中国语，也慢慢顺畅了一些，不过他只会中古时代流通的顺天府官话，而且各时代的中国语用法有很大不同，他还需要修正自己。

但这些不是最重要的。

后天便是五月初六了。

“正思，今天精神好多了吧？”

“是，谢谢。”

“我想问你一个问题。”

“是。”

“你从哪里来？”

θ 81402028，或许称他“正思”比较方便，正思抬头看鸿福，思考着该如何回答。

眼前这个人看来很健壮，肤色黝黑，眼神中不夹杂一丝狡诈，年纪也与他相仿。如果这个人可以信赖，或许这个人可以给他帮助。

在这个时代，他没有熟人。

“我……”他诚实回答，“从地球联邦10553年，来到你们的时代。”

这个回答倒是让鸿福愣了半晌，一时间脑袋瓜空空的。他原本预料正思会回答某一个州县，或是某处寺院，想不到却来了个完全搞不清楚的答案。

“你说什么？”鸿福好久才说出这一句。

“我不是你们这个时代的人，我从未来来的，我从很久以后的时代来的。”

鸿福明白了，这和尚是疯子，怪不得昨天胆敢闯到皇城外门去吵闹。

“那，你住在哪里呢？”鸿福神色严肃，不过他这次是问好玩的，他想知道这疯和尚会怎么回答。

“地球联邦首都，贾贺乌砦。”

鸿福见他回答得那么认真，心里有点想笑。

“你呢？”

鸿福忍住笑意，回说：“我本来便是京城人氏，在这里做长工的，我姓柯，柯鸿福。”

“这里，”正思打量了一下四周，“是哪里？”

“这里是张府，老爷是朝廷的大官，我只是下人。”

正思沉吟了一阵，说：“鸿福，我需要你的帮忙。”

“我看你的确需要帮忙，”他叹了口气，“你要我怎么帮？瞧我帮不帮得上。”

“我……”正思又想了一下，“我要讲出几个地名，请你告诉我在哪里？”

“说吧，我试试。”

“好，”正思伸出手掌数了数，数了三只手指，“厚载门火神庙、哈达门火神庙、张家湾火神庙，这三个地方。”

“厚载门？”鸿福揉了揉下巴，“好像听过，没什么印象……哈达门就更不记得了。”

“这三座火神庙一定在京城的！”正思焦虑地说。

“京城的火神庙可多呢，”鸿福说，“不过张家湾不在京城，张家湾是京城东南的一个地方。”

“有谁会比你知道的呢？谁比你知道火神庙？”

鸿福好奇地问：“话说回来，你为什么要知道这些火神庙？”

“因为，”正思抿紧嘴唇，脸上的肌肉绷紧，“事情是先从那里开始的。”

## 奥米加

剃光了头发之后，十二人席会还为他动了个小手术。

手术没有半点不适或疼痛，但还是可以感觉到头颅被打开了一个小洞，被放了一点东西进去。

为了避免他会不安，十二人席会马上向他解释道：“放心，那是一个信号增幅器，不会伤害你的。”

至于信号增幅器用来干什么，就没说明了。

然后，他又被带去那个名为PsiTTC的房间，八个人头“奥米加”的地方。

他被安置在房间中心的一把椅子上，全身赤裸，被八个奥米加包围着。

“θ81402028的第一次实验，”第一主席S—α999宣布，“时间一百年，古美国纽约港。”

一百年前，纽约港的自由女神像还在，那是个很好的空间指标。

八位奥米加听了后，一一闭上双眼，浸在液体中的他们忽然停止上下浮动，房间里面刹那陷入了静谧。这个时候，十二人席会悄悄退出房外，房中唯一有身体的人只剩下θ81402028。

他不安地扭动身子，沐浴于减弱光线中的奥米加们，看来更有如幽冥中的鬼魅，正在闭目沉思，冥想着时空的尺寸和语言，细数已流逝和未曾发生的历史。

“别紧张。”一个声音在他脑中响起，令他吓了一跳。

他环顾八位奥米加，八个人头都安静得像死了一样，液体透着清澈的蔚蓝，偶尔冒出一两个气泡，滚动着上升，消失在液体上端。

“放松心情，什么也别想。”声音再度在他脑浆中浮现，载浮载沉，仿如幻觉般荡漾。

这不是幻听，这就是超能力的一种：心电传递。

“什么也别想……”声音有如催眠曲，让θ81402028的心情渐渐放松下来，意识也变得澄清，刹那间似乎什么事都洞若观火。

在奥米加们安静的沉思中，他开始觉得有些晕眩，眼前的事物慢慢扭曲，他搞不清是空间扭曲了，还是他的视网膜扭曲了，或是他的视觉中枢被折叠了。

在意识模糊之中，他感觉到一波又一波的背景声音，一遍又一遍地复诵……

一百年前……纽约……西经七十三北纬四十一……一百年前……纽约……西经七十三北纬四十一……

θ81402028的记忆开始浮现。

他第一个浮现的记忆是父亲，领养他的父亲，地球人口研究中心主任，婆罗门—α51。

紧接着，潜意识开始联想，从一个记忆跳跃到另一个记忆，织成一张记忆之网，一个连接一个。

父亲……婆罗门……种姓制度……印度……恒河文明……圣河……灵魂洗涤……象……

时而，八位奥米加传来的意念会袭入。

**象**……一百年前……**迦蓝司**……**弥勒佛**……纽约……**布袋**……**西经七十三北纬四十一**……

扭曲的影像中，电光乍现，在记忆之海里头四处飞窜，激起一波波滚烫的水花。

忽然，极度的澄静笼罩上来，他感到自己瞬间分解了、碎了、消失了……

这便是死亡吧。

念头未消，他已经发现自己的脚底正踏在水泥地上，鼻中嗅到潮湿的咸味，眼前是一片大海，一尊灰蒙蒙的巨大青铜像，手举火炬，屹立在彼端。

他猛然回头，一座座穿梭入云、狰狞地插入天空的摩天建筑物，丑陋地强暴他的视觉，建筑物下人来人往，仿如忙碌又慌张的蚁群。

这一切多么令他惊骇，比他在数据库所见的照片丑恶一万倍。

忽然，他听到有人喊叫，用古英语大声说："看！一个暴露狂！"

"这家伙疯了。"

他整个人震颤了一下，突然想起："停经日！"

对，再过几天，便是沙也加一θ 83405761的停经日，一个女人一生中最重要的大日子，他答应过要和她一起度过的。

思绪方起，还未放下，他已回到了一片暗蓝色，八个奥米加自液体中凝视着他。

他惊奇地转头看着四周，一时之间还没明白过来。

"你让我们好累。"其中一个人头抱怨道。

## 锦衣卫

通政使张政图正在署中办公，忽报有人造访。

"来者何人？"他问来通报的署吏。

"是锦衣卫千户，韩兆熊韩大人。"

听到是锦衣卫，张政图便免不了一栗。锦衣卫名义上是皇上的侍卫，却能不经通报而行使缉捕、刑狱之事，权力很大，又常和东厂太监们合作，更加教人闻之色变。

韩兆熊是锦衣卫中颇有名气的一位千户，虽说只是个五品官，不比他通政使正三品，但听说他帮魏忠贤明里暗里去了不少对手，这下子造访，令张政图忍不住回想有什么把柄被人给抓着了。

不，这些人是不需要把柄的，因为把柄是可以事后制造的。

“到议事房见客。”

署吏答应一声，退出去了，留下忐忑不安的张政图。

他站起来，慢慢吞吞地走到议事房，途中碰见通政使司的知事。

“张大人，午朝的奏本经已准备妥当。”

“甚好。”他淡淡地回了一句。

韩兆熊已经坐在议事房等候了，正细细地品尝一杯茶，见张政图进来了，赶忙站起，满脸堆笑：“张大人。”

“韩大人，不知找张某有何要事？”张政图单刀直入，但不忘一脸和颜悦色。

韩兆熊垂首沉吟了一下，用碗盖拨拨茶水上的叶子：“张大人可知，昨日东安门发生何事？”

张政图知道这问题应该谨慎回答：“顺天府每日大事小事甚多，东安门何事，张某不甚记忆。”他记得有事，但的确忘了何事。

韩兆熊微笑一阵，放下杯子：“有个疯和尚，来历不明的和尚……”

张政图想起来了：“我记起来，是个和尚在闹。”

“对，”韩兆熊满意地笑道，“和尚疯言疯语，妖言惑众，皇上怪罪下来，可是不好受的。”

张政图点点头。

“张大人可知那和尚是谁？”

“在下怎么知道，莫非韩大人知道不成？”

“不，韩某正是来向张大人询问的。”

张政图语带抱歉：“本官委实不知，没人给我这消息。”

“是吗？”韩兆熊笑意更浓了，“可是，那和尚，刻下正在张大人家中呢。”

张政图整个人一震，感到冷汗立时布上了背部，凉透了衣裳。

“什……什么？”

“莫非张大人不知？”韩兆熊一脸歉意，很困惑的模样，“既然如此，是韩某不对。”说着，他已站了起来：“署中尚有要事，我得先告辞了。”

“韩大人。”张政图忙唤着他，“真有此事？”

韩兆熊点头：“此刻正在贵府后院，住在长工鸿福屋中呢。”

张政图愣愣地看他走到门口，只见韩兆熊又回过头来：“贵署待客的茶，果然是武夷好茶，昨日才刚开封，茶气尚鲜，好茶，好茶。”说完，蹬出门外去了。

## 集合

午朝之后，张政图气冲冲地走回家。

经过棋盘街时，他吃惊地发觉人可真多，平日觉得很辽阔的大街，视野宽广，雄伟的“正阳门”矗立在正南方，还有凉风吹拂，此刻竟然有这么多人走动，还有扑鼻而来的汗骚味。

因为他平日都是在人少的时候经过的，所以不曾察觉。这下子心里一个不快，他满肚子火更是涌起来了，回家的脚步也更快了。

“沉香！沉香呢？”他一踏入家门，便大呼小妾的名字。

小妾迎出来了，满脸高兴，一点也未察觉张政图的愠容：“老爷，您回来了！今儿这么早呢？”

张政图看见沉香，几乎马上要爆发了："沉香！昨儿……"

"先甭理昨儿了，老爷，我有要事要问您呢。"

"沉香！"

"老爷，这是极要紧的事，"她一只柔软的小手掩去张政图的嘴巴，"沉香要问您，厚载门、哈达门，是哪个城门？"

"厚载门？"听到这个问题，张政图也一时傻了眼，一股脑儿怒气顿时凉了一截，开始了文人的怪脾气，垂头沉思起来。"顺天府里头没这门。"

"不会的，一定是在顺天府的。"

"哈达门……"张政图埋头苦思，"哈达，是蒙古语吧？我记得元人、藏人来朝见时，会送上一块薄绢表示敬意，那薄绢便叫哈达。"

"门，门，"沉香提醒他，"应该是门的名字。"

"大概是前朝的称呼吧？本朝无此城门。"

这时，一旁端来茶水的老家人，忽然开口："老爷，小人斗胆，有话想说。"

张政图感到好奇，这名老家人服侍过好几任通政使，很少说话，最能守密，不知想说什么话："什么话？说吧。"

老家人道："小人家中自前朝元代便住在京城，城内元代旧名，京城人氏还是常用的。"

沉香喜道："这么说来，你知道厚载门、哈达门是哪道门吗？"

"厚载、哈达都是蒙古语，厚载门便是今日皇城内的玄武门，哈达门是南墙东门崇文门，老爷夫人非京城人氏，难怪不知。"

沉香了解地点点头，又问："那里可有火神庙？"

老家人颔首道：“厚载门以北左侧，确有火神庙。”

“火神庙？”张政图又搞不懂了，“这是怎么回事？”

沉香说：“老爷，可记得昨天您告诉小妾的故事？”

这下子，可让张政图想起他回家的目的了，他红着脸，怒目道：“沉香，昨天你是不是……”

“哎呀老爷，”沉香推了他一下，“先别问啦，那是很重要的事呢！”

“什么事那么重要？”张政图压着怒火，“会比我……”

“就是昨天老爷告诉小妾，山东济南城隍庙，‘天下城隍在此造册’，然后，有间寺院半空迸出个和尚的怪事。”

一提到和尚，张政图更是气出来了，锦衣卫韩兆熊暗示他会因东安门的事惹上麻烦，因为别人可以说是他教唆的，不仅如此，后来还暗示和尚可能给他戴了绿帽子。

“沉香！”

“老爷！”沉香也生气了，“老爷先让小妾讲完好不好？这件事可是非同小可。”

张政图心里忖道：“好，我瞧你怎么个非同小可。”于是忍着一肚子高温高压，心想听她先说完，再发脾气也不迟。

“那个半空出现和尚的寺院，是恩诚坊的证因寺，那和尚后来离开证因寺，到东安门胡闹的也是他……其实他不是胡闹，后来他晕倒了，我和凤丫头看见，把他带回来了……”

“哈！”张政图大叫一声，不高兴地别过脸去。

“老爷，你该听听他说的事。”

“说完了吧？”张政图说，“你可知道把和尚带回家来，会有什么后果吗？”

沉香慌忙说：“老爷别误会了，我让他歇在鸿福那里，小凤帮忙照顾，反正鸿福和小凤也快要成亲了。”

张政图觉得很累，刚才一直忍着脾气不发，反而折腾他的精神，现在也没力气再生气了：“沉香，以前万历皇帝时，也不过十年前，发生过一件案子，一个汉子闯入宫中，要打死当时皇太子，也就是后来红丸一案驾崩的光宗皇帝。当时闹着说谁能放此人入宫，不知多少人被牵连，试想，如果有人借这和尚的事，说你老爷指使疯和尚去闹皇城，还说了不吉利的话，咱们全会头颅不保的呀。”

“有那么可怕吗？”沉香微蹙着眉，似乎感觉不到恐怖。

“总之，该把那和尚赶走才是。”

沉香拉了拉张政图的袖子：“老爷，那你先随我来瞧瞧吧。”

张政图很是无奈，任凭小妾拉着他走，走到客厅去。

客厅里，小凤和鸿福已经一脸惭色地站在那里，对张政图有些畏惧地叫了一声“老爷”。

另外，还有一少一中一老三个和尚，中年和老年的和尚朝他敬礼：“张大人。”只有年少的那位，头无戒疤，也不懂礼数，只直愣愣地看他。

他悄悄问小妾：“怎么多了两个和尚？”

年老和尚上前来作了个揖：“张大人，贫僧乃证因寺住持法航。”

中年和尚也上前来：“贫僧乃住持之衣钵敬元。”

张政图觉得他被越卷越深，开始担心脱不了身了。

忽然间，胸中五味杂陈，竟然回想起四十年前初入学、当童生时的情境，天天挑灯夜读，在万籁俱寂的深夜里，身边暖了一小壶茶，苦啃书本纸张的酸味。

那时候，多么单纯，生活多美好啊。

第五章

/

# 王恭厂

几者，动之微，

吉（凶）之先见者也。

——《周易·系辞传·下》

## 明天

经过数次实验之后，奥米加们已经很累了，十二人席会吩咐工作人员，为奥米加们更换维生液体，漂浮在新液体中的人头们甚是满意。

“你还好吧？”其中一位主席好心问候θ81402028。

θ81402028脸色惨白，意识有点不太清楚，他不知道时间旅行进行的细节，只觉得自己被分解、磨碎、重组了好多次，整个人有些随时会崩解掉的疲惫感。

那位主席见他赤身裸体又浑身抖擞，有点不忍，于是吩咐工作人员：“给他一条毛巾。”

θ81402028拉紧毛巾，勉强感到了一些温暖：“谢谢，主席先生，呃不，女士。”

“我是主席珍妮弗—δ2341，”她和蔼地微笑道，“好些了吗？”

“如果有杯热咖啡就更好了。”

“不行，”主席珍妮弗—δ2341说，“热咖啡会让你的脑细胞过度活跃，对奥米加会产生不良影响。”

他没回答，但听了这句话，心里忽然收紧了一下：“时间旅行是靠八个人头进行的，可是那八个人头又到底做了什么事呢？”

他唯一知道的是：他们在“想”，在冥想，不断重复冥想某个时间和空间，然后呢？

然后如果我喝咖啡会影响他们？

这表示说，“我”也参与了时间旅行的操纵行为。

θ81402028的思绪在一秒之间转了好几趟，才说：“那么，我需要一杯热水，可以吗？珍妮弗主席。”

“当然。”三十余岁的她，微笑起来特别有女人味，θ81402028禁不住心里一阵乱跳，更让他再次想起了沙也加—θ83405761。

第一主席S—α999拍拍手掌，要大伙注意，他高兴地说：“这几天的实验结果，正确率百分之百，这证明我们做了两项明智的决定，一是奥米加计划的成功，谢谢你们，奥米加们。”

奥米加们在液体中前后摇晃一下，算是点头。

S—α999继续说：“还有另一项，我们选择历史研究人员是正确的，果然为我们确认了旅行抵达的时代。”他朝θ81402028点头致意。

“不客气。”θ81402028不热心地回道。他依然坐着，专心享用那杯热水。

“明天，我们再实验两次吧。”

明天吗？θ81402028知道，明天是个大日子，是沙也加—θ83405761的停经日，他很渴望赴约，好几次都想不顾一切冲出去，但他还有理性，他知道什么叫作徒然。

他担心的不是即将来临的死亡，而是沙也加—θ83405761对他失约的反应。

他被消灭之后，她还会再寻找另一位配偶吗？

此刻，他的心情分外平静，连一杯热水，他也津津有味地喝了许久。

明天，在数小时后到来。

他躺在床上，望着阴暗的四壁，一间没有窗户、没有装饰的房间，因为将要被消灭的人不需要那些奢侈的浪费。

他已经在这间简朴的房间睡了几个晚上，几乎快忘了自己原来房间的模样，也忘了那张柔软舒适的床。

他静静盘算着，细细回想他准备中的一份论文，以及他手上零碎的古书数据。

进入历史研究院的这些年来，他一直深受父亲的影响，对中古时代东西方的冲突十分着迷，时常从数据库搜寻这些数据，他以一个“中国人”的心情来研究那段历史，又意图维持历史的中立，心境十分紊乱。

自从得知自己的血统之后，他对于这个消失的古文明一直抱有一丝怜悯之心，想研究他们最终消失的原因。

他相信，他找到了其中几条线索。

其中一条线索，是他认为最有可能的。

从巨观历史的眼光来看，“那件事”当年是件大事，后来却被人遗忘，但它的影响，实在是过于深刻和漫长。

在夜幕低垂、时间静静在空气中流逝时，他已经打定主意。

明天，他要逃跑。

他想拯救过去。

## 脱逃

跟昨天一样，一顿丰盛、营养的早餐之后，他褪去身上的衣物，有专人为他再清理一次毛发。

衣物，接触在皮肤上，会刺激五种官感之一的“触觉”，进而影响意识集中，所以衣物要褪去，他才能更完整精确地接收八位奥米加的意念。

他相信，埋藏在他硬脑膜下的信号增幅器，也是为这目的而植入的。

而八位奥米加更彻底，为了完全地意念集中，不仅衣物，他们连身体也褪去了，只留下唯一有用的头，还有垂在大脑下的脊髓，也就是飘在头下方的那些东西，看来像海带一般的丝索。

θ81402028踏入名之为PsiTTC的房间，端坐房间正中央。

蔚蓝的光线，悬在液体中的八个人头，已经准备就绪。

他的心异常平静，但还有几个问题萦绕在周围：奥米加们是什么来历？他们也是父亲工作的地球人口研究中心的产品吗？还有，为什么编号会是最后一位的“奥米加”（Ω）呢？

忽然，他发现一张液体中的脸孔正凝视着他，他赶忙端正坐姿，不敢多想什么，免得心思被读去了（虽然不确定他们会不会读心术）。

“旅行者，”一个声音在他脑中涌现，“你可别分心哦。”

他敷衍地点头，看向刚才的人头一眼。

“不是他，他是奥米加三号，是我，你正后方。”

他回首一看，液体中是一张俊秀的脸，只是泡久了水而肿胀，盛着那个人头的玻璃柱下方有个牌子，书明了他是“Ω1”。

“奥米加一号……”他心中沉吟道。

Ω1向他微笑，在液体中的微笑显得苦涩。

“实验开始！”房外传来第一主席S—α999的声音，“目标是，三百五十年前，伦敦。”

奥米加们的呢喃开始传入脑中。

*三百五十年……伦敦……经度零北纬五十二……三百五十年……伦敦……经度零北纬五十二……*

θ81402028也开始自己的呢喃。

经过这么多日，没有研究工作，没有堆积如山的资料，没有父亲，没有沙也加，他的脑子反而比往日清晰，这些日子中，他已渐渐掌握到时间旅行的技巧。那便是——

想！

不断地、重复地“想”，不想任何其他事任何身体情绪上的感觉，只集中去想旅行的目的地和目的时间，而这正是早在数千年前的先哲，便已知晓的方法！

于是，他强烈抗拒奥米加的意念，等待那一刻，旅行“开始”的那一刻。

到了，他知道到了，因为身体已经开始有裂隙了，组成细胞的原子们已经开始出现能量失序了，量子准备要穿隧了，意识……像一团糨糊了……

强烈的光线刹那袭来，直刺入他双目之间，脑下腺大受震动，松果体大量分泌的那一瞬间，他想：

一千三百二十四年前顺天府，东经一百一十七北纬三十九……

刹那又刹那，耳际听到一阵爆裂，意识被撕裂成粉碎，无数气泡声汹涌冲过鼓膜，轰炸成量子粉末。他感到身体陷入一摊黏液般的空气，被无限拉长，拉成一条直径无限小的细线，穿入一个针孔，穿出另一个针孔。

在失序的纷乱中，他看见一个人掠过眼前。

那人也是个光头，穿了一身大红袈裟，样貌衰老，正惊异地看他。

刹那又刹那，意识忽然归回原位了。

他已经感到自己躺在冰冷的地上，空气中弥漫着淡淡异香，四周很是安静，高高的天花板，画有七彩缤纷的瑰丽图案。

他浑身无力，眼皮也沉重得马上合了起来，浓稠的睡意淹了上来。

他听见有人大声说话："谁来帮忙？"

然后有人走近他，问了一句话："师兄，是谁晕倒了？"

听了这句话，他便在安心之中昏过去了。

"发生什么事了？！"大吼一声，PsiTTC的大门撞开，神色狂乱的第一主席S—α999冲了进来。

十二人席会全拥进房中，目瞪口呆地看着Ω3的玻璃柱，玻璃柱中的液体一片混浊，又浓又脏的血水扩散，块块肉片和碎骨正徐徐沉到底部。

“到底怎么了？”

剩下的七个奥米加，没人打算回答他。

“让旅行者回来！快！让旅行者回来！”第一主席疯狂地大嚷。

“他已经失踪了。”

“是谁在回答我？！”他吼道。

七位奥米加以沉默应答。

良久，才有一个声音在脑神经之间响起：“他不在三百五十年前的伦敦，他在超空间失踪了，我们找不到他。”

“什么？……”第一主席沉吟了一阵，不理其他主席，独自大步踱出房间。

## 分道

正思用笨拙的古中国语，述说了一遍后日将发生的事，他们好不容易才听懂，而他也好不容易才松下一口气，忖道：“比历史研究院任何一场考试还难！”

听完正思的故事之后，证因寺住持法航又喜又忧，喜的是，他在闭关中见到的，果然是这个年轻人；忧的是，他所看到的可怖景象，看来真的会发生，正思已经说出了将会发生的事。

张政图则是坐立不安，烦躁地说：“一派胡言，痴人说梦，本官该把你们一个个疯子全赶出去。”

沉香忙说：“官人，可是昨儿山东济南的事……”

“那不过是鬼话连篇！”

法航听了好奇，忙问：“夫人，请问山东发生何事？”

沉香正想说，却被张政图阻止了：“好了，到此为止，住持，勿怪本官无礼，我要送客了。”他一来担忧锦衣卫，怕前途不保，二来身为朝廷命官，实在不想跟这些小民胡混，况且其中还有个疯子。

张政图大步走向客厅大门，口中还在咕噜着。

“你指的山东济南，是那个很多人昏倒的事吗？”正思忽然问。

沉香惊喜道：“你知道？”张政图惊讶地回头。

“我在历史研究院时，发现大部分的记录，都记载在一份叫《邸抄》的文件上，里面有提到这件事，还有一个昏倒的人的配偶，看见她已死的丈夫。”正思说，“不只如此，《邸抄》还清楚写下了当时的情境，我说的火神庙、城隍庙的事，都是那里写的。”

“小伙子，你知道吗？”张政图神经紧绷，不知自己是生气、是恐惧，还是兴奋，“本官是通政使，要有《邸抄》的话，就是本官编写的，我不会不知道。”

“你当然不知道，因为大部分的事，后天才会发生。”

张政图对这年轻僧人的语气感到很不悦，他压根儿没有对朝廷命官应有的恭敬，还有他斩钉截铁的说话方式也很令人厌恶。

正思又说：“如果你不相信，可以去问你们的天文学家，他们已经看到异常现象了。”

“那么，”一旁静默了很久的鸿福，忍不住问道，“你说的这件事，到底是什么原因造成的呢？”

“我不知道，”正思摇头，“这正是我想知道的呀。”

法航双手合十：“佛祖有灵，正是遣你来拯救众生的呀！”

“不，我也不是来救人的。”正思又再摇头。

法航错愕地问他："那你甘犯大不韪，逃来这里，又是为何？"

"我还不知道。"

原本，他是想拯救他基因所属的古民族，后来，当他接触到这个民族之后，开始有点保留，想更了解他们、更深一层思考，是否有拯救的必要。

或许是一种生疏感，使他的想法起了变化，周遭事物是那么陌生，语言也不熟悉，连思想的方法都完全不一样，让他对这个世界产生抗拒感。

他需要思考，他该不该救这个时代，该不该阻止一场可能的大灭绝。

他的行为，是对神圣的历史的冒渎，他不知道该不该去做，没人教过他这件事的对错。

不过他只剩下一天的时间来思考。

在思考期间，他还是要进行原定计划：找出事件的原因。

正思随着两位和尚步出张府大门，大门很快在后面合上了，随即传来张政图的咆哮声。

"看来他真的很不欢迎你。"衣钵僧敬元向正思说。

"话说回来，年轻人，我们该怎么称呼你呢？"法航问道。

"正思。"

"你不是僧人，"敬元说，"正思也不是你的法号。"

"这不重要，我本来就还没取名字，要不然你们可以叫我θ81402028。"

法航和敬元互视一眼，敬元说："还是正思好了。"

## 线索

天启六年五月初四，正思开始他的论文实地研究。

首先，事件中关键的火神庙。

曾经照顾过他的比丘慧施，被住持吩咐，担任正思在顺天府的导游。

“火神庙当然是供奉火神的，祝融、回禄、吴回都是火神，”慧施告诉他，“顺天府很多地方都有火神庙，有的是一般人不能进去的，比如火药局、皇城之内的火神庙。”

正思凝神聆听之后，很感兴趣地问：“你怎么知道那么多？”

慧施苦笑：“我自幼父母双亡，其他亲人也穷得一家人共享一条裤子，养不了我，所以我从小就在顺天府到处走动，捡些别人吃剩的，有时还跟野狗抢吃的。”说了一大通，才发现正思怔怔地看他，他忙带歉意地一笑：“对不起，我为什么知道，因为我从小就走遍了顺天府。”

“不，不，我从没听过这种事。”正思说，“然后呢？你怎么当个和尚的？”

“证因寺有个和尚可怜我，留我下来当个小沙弥，我才出家的。”

正思点点头。

“那么，你要带我到的地方是……”

“这里。”

两人已经走到顺天府城北，由于走了长途的路，两人的僧衣早已湿透，在这“天晴如香炉，天雨如酱缸”的京城，这里算是较凉快的地区了。

“这里是鼓楼下大街，有座火神庙。”

正思看了看，朝北有个三四层楼高的建筑物，便是“鼓楼”了。眼前是火神庙，这火神庙格局不小，香火也挺旺，门外有很多小贩呼叫贩卖着货品，又有许多香客信徒们手持香火，浓浓的烟和吵闹的人声，使得原本暑热的天气，变得更为沉闷。

“这些人在做什么？”正思不明白。

“在膜拜，希望火神不要降灾。”慧施告诉他。

“膜拜？”他还是不明白，这些人手上拿着一根根细细的东西，前端燃烧着，到底有何含义？含义一定有的，只是他不明白。

他和慧施一块走向人群，绕着火神庙，慢慢观看。

“你在找些什么？”

“我也不知道。”他希望能看出一些什么，但他还看不出。

他们绕到庙后时，感到阵阵凉风徐徐拂面，和庙前的闷热大大不同。

“后面是很大的水潭，才会那么凉快。”慧施解释道。

火神庙的后院被一道木墙隔开，禁止进入，有个守庙的道童走过来，赶他们离开。

“平常就这么多人吗？”正思边走边问慧施。

“不，一年之中是今天香火最旺了，”慧施说，“因为明日是端午啊。”

又来了，又一个从没听过的名词：“什么叫端午？”

慧施觉得有些不可思议，虽然他知道此人来历古怪，听说“不是这个时间的人”（这句话他搞不太懂），但未免太过愚蠢了：“端午就是五月初五，一年里头最热的日子，依五行来说，是一年之中火气最烈的一天，所以人们才来拜火神的。”

正思听出他语气中的丝微不屑，但他身处于这个陌生的时代，他真的是太无知了，刚刚的一句话中，他又听到了“五行”、“火气”这些一点概念也没有的字眼。

这些事可以以后慢慢了解吧？应该不会影响他的计划：“带我到其他火神庙去吧。”

慧施摇摇头：“其他还有四五间火神庙，都在外城，要过了前门才到，这样子走过去，要走大约一个时辰，恐怕傍晚也到不了。”

正思抬头看天，太阳已越过中天，与地平线的角度已经少于四十度，估计再两三个小时就是傍晚了。

“会赶不上晚饭吧？”

“我们过了中午就不吃东西了。”慧施说，“我只怕赶不上晚课。”说完，他赶忙解释：“也就是晚上要念经，全寺的比丘都要念的。”

他白解释了，正思还是听不懂“念经”。

看见正思的焦虑表情，慧施一时有些不忍：“你说后天，很多人会死。”

正思抿嘴道：“很多。”

“真的在这里吗？”

“数据库写的，明朝天启六年五月初六，顺天府，不会错的。”

“除了火神庙，还有什么地方有你要的线索呢？”

正思苦思了一下，一时悔恨起来，憎恨自己为何没把所有数据背下。终于，好不容易，他想到了一样：“城隍庙。”

“城隍庙吗？”慧施呼了口气，“在东城，就在证因寺附近，往南一点就是了。”

“好像……”正思犹豫着，“是都城隍庙……”

慧施皱眉道：“不，不，都城隍的话又不同了，都城隍庙在西城另一端，两间城隍庙可是在顺天府的两端呢，你可要想清楚了。”

“都城隍，有个‘都’字，没错的。”正思咬咬牙，再沉思了一阵，“没错的……”他不太敢确定，但他的确需要眼前这名年轻僧人的帮助。

“好吧，”慧施深吸一口气，又大力呼了出来，“我佛慈悲，相信少诵一次晚课，又是为了拯救生灵，又是住持的吩咐，佛祖不会怪我不精进的。”

慧施领着正思往西走，过了道桥，“这是银锭桥。”他告诉正思，然后慢慢走着，好享受一番夏日难得的凉风。

过了桥，他们依然沿着大池边走，直到碰上了皇城的北城墙，才依依不舍地告别凉风，再走上十多分钟，两人便迈入了一条宽阔的街道。

“顺城门大街。”慧施随意挥手指了指。

听到这个街名，正思震了一下，喃喃说：“啊，还……有刑部街。”

“有啊，还要走好长一段路。”慧施才说完，也止了脚步，盯着正思，“刑部街？你还记得什么吗？”

“我……我记得顺城门大街和刑部街的名字一起出现，我从数据库找过地图，只找到刑部街，没找到顺城门……”

“是，因为……”慧施开始有点相信他了，“顺城门是元朝时的名字，以前京师不叫顺天府，元朝时叫‘大都’，而顺城门现在应该叫……我想一想……宣武门。”

“为什么你们都用元朝的名字呢？”

“习惯了。”

“难怪，当我研究的时候，很多街道、城门的名字，我在明朝的地图上找不到，等等……”正思忽然紧闭双眼，眉间挤成一团，苦思着，“我又想起什么了……泊子街，对，还有……”

“还有？”慧施催促他说。

正思失望地松开眉间，摇摇头。

慧施见他想不出来了，只好又带着他走，一路上告诉他一些建筑的名称，巴望他想起些什么。

“朝西有个大庙‘朝天宫’，是京师最大的道观，”慧施指向西边，“但现在被挡住了，看不见。”

正思咬咬唇，若有所思地点头。

“这是关帝庙，”两人走过一间小庙，慧施指着问，“知道关帝吗？”正思摇头。

于是，慧施向他说起三国的故事，这些是他小时候听说书听来的，正思听了一些，没听一些，觉得自己的心跳越来越快，心脏强烈地撞击胸腔，令他有一种恶心的感觉。

不祥的预兆越来越重，因为从慧施口中，他听到了越来越多熟悉的地名，是他当年做研究时碰过的。

在他眼前，他几乎看见了后天的情景，血肉飞溅，四处都是哀号和呻吟，断肢碎片扑面而来，他依稀看见一个人软趴趴地蹒跚走路，走到他眼前时，才发觉那人仅有一层皮，里面的骨血肉全被掏空了。

“是这里了！”他告诉自己。

朝天宫、都城隍庙、箔子胡同、顺城门大街、刑部街、菜市口……

这些地方，全在同一条直线的范围中，后天，将会到处是残壁、废墟和等待发臭的尸体。

“王恭厂。”他忽然说。

“王恭厂？”慧施说，“那是太监的地方。”

“什么是太监？”他收回这个问题，他相信这个问题没那么急，“王恭厂是做什么的？”

“这里有很多什么什么‘厂’的，都是太监监工供应宫中所需物品的，王恭厂又叫铸锅厂，是做锅子的。”

“不，那是骗人的。”正思说，“王恭厂有炸药。”

“怎么会？你怎会知道？”慧施不相信，“炸药该在火焰营才对啊，那里也有个火神庙。”

正思看着眼前的建筑物，门口两旁有守卫，上方挂了个匾额，写了“王恭厂”：“几年后，会有人写下来，而我看到了这些记录。”

是这里，就是这里了。

这里就是事件中心点。

他感觉到心跳加快，寒意带着兴奋蔓延而上。

他知道。

## 重逢

夏夜降临了，暑气还在空气中迟疑地回荡，久久不舍离去。

正思和慧施走累了，站在河漕边歇息，等待热气从身上散去。他们所在的河漕，正位于京师最热闹的闹市口，有一道小桥跨过河漕，夜晚的买卖开始在小桥两端进行，人也渐渐地多了起来。

闹市口在王恭厂附近，正思想站在这里，看看来往的人，希望能看到一些什么。

“真香呢，闻到了吗？”慧施对一位小贩指指点点，小贩正扛了两大担子的草草叶叶经过，草叶中迸散出天然的迷人香气。

“那是什么？”

“明日端午节用的春兰，人家会买来煮汤洗澡，还有煮茶用的金银花、桃叶、李叶等等的，可以去毒，人家说一年之中，要数端午最容易中毒了。”慧施说着说着，神情变得有些哀伤，似乎忆起了什么，偶尔又苦涩地微笑。

正思见他有些落寞，便拍拍他的手：“我们过去看看吧。”

“好。”慧施轻轻点头。

摊贩很多，各家都拉长嗓子呼叫着，好在这一年一度的日子前多赚一笔。

有直截了当的：“杨家正店肉粽哦！”

有和盘托出的：“雄黄！雄黄酒！菖蒲酒！艾草！香袋！辟邪去毒！”

有一成不变的：“蒲鞋！蒲鞋！新蒲鞋！”

也有编成歌儿的：“秋风起，百蛇肥，去年肥蛇来酿酒。五月五，是端午，直教蛇儿把毒驱。”原来是卖蛇酒的。

最后，大家唱成一堆，谁也不服谁的嗓门大，闹市口便闹成一团，倒像唱戏时喝彩般的热闹。

正思何曾见过这些场面？他的世界是整整齐齐、安静平和的，喧闹的人会被停止公民权一星期，那是一种莫大的耻辱。

从这里，他不知该说是看见了祖先们的活力，还是祖先们令他感到羞耻的一面。

慧施带正思走过了热闹的地方，又来到比较凉快的河漕边：“该早些回去了。”

“太阳才刚下山呢。”正思还想走久一些，他还没看见任何征兆，是会跟后天的事有关的。

“我不知道你是什么时候就寝的，”慧施说，“但寺院讲究的是同起同睡，明日五更要早起课诵，二更就该回寮入睡了。”

慧施这么说了，正思又怕没人带路回不了证因寺，只好同意了。

两人散步走回东城，望向皇城方向时，看见朦胧夜色中透出的灯火，显得分外宁静。渐渐地，前方的路也变得人迹稀少，黑暗和宁静也变得越来越浓。

无月的黑夜中，遥遥传来诡异的啼声，像是小儿在哭，又像是伤心又饥饿的老人在哀泣，空气中注入了一丝阴凉，让走在黑暗中的正思从来没觉得那么不安全过。

“那是什么声音？”正思忍不住问。

“很奇怪吧？这种怪声从上个月起一直传来，寺里听得更清楚。”慧施说，“有人传说是鬼车鸟。”

“是猫头鹰吗？”

“猫头鹰？不，它们没那么响亮。”

忽然，一声长长的哀鸣划过空气，紧接着，更多的哀号呼天抢地起来，从东边一阵又一阵传来，过了不久，又恢复原本细碎的叫声。

正思听得毛骨悚然，毛孔还残留有被电击似的感觉。

“鬼车鸟，没人见过，人家说它有九个头，专门抓小孩。”

怎么他梦想中祖先的时代，竟如斯恐怖？正思不禁问：“真的吗？”

“没人见过。”慧施耸耸肩。

“为什么会这样叫呢？”

“我也不晓得。”

走着走着，前面的路口走出来一个女人，婀娜的身影慢慢朝他们走来。

慧施皱起眉头，嘀咕着：“妇女独自夜行，恐非善类。”

“你说什么？”

慧施轻撞他一下，示意他噤声：“且行便是。”

妇女慢慢经过他们身边，没朝他们看过来，慢慢适应了黑暗的正思，却有意地看了她一眼。

才看一眼，他便怔住了，脚板已经粘在地面上，一步也动不了，只有上半身和头随着妇女转了过去。

“怎么？正思。”慧施察觉不对，也随他望过去。

妇女忽然停在路口，路口的两侧，出现了八个人，八个人的行动都有些迟缓、有些生硬，像是不习惯使用自己的四肢似的。

八个人向那妇女说话，声音细细碎碎的，听不分明。

正思感到一股凉意从脚底慢慢升起，窜入骨髓，弥漫到每一块肌肉、每一丝肌蛋白之中，恐惧和讶异同时袭入他的脑子，但他已经顾不了自己的感情，放弃了思考和评估。

“沙也加！”他热切地呼唤这个名字。

黑夜之中，只留下鬼车鸟的叫声，凄厉又悲凉。

第六章

/

# 端午

新的生存竞争已臻高潮，

但是优胜者尚未产生。

——亚瑟C.克拉克《二〇〇一年太空漫游》

## 中邪

五月五日端午，是一年中最热的日子，百毒俱聚，事实上，各种流行病也在热天传染得最快。

草丛间防不胜防的毒蛇、恙虫之类的，在北方倒不甚猖獗。不过人们依然是大肆庆祝，尤其大户人家们，更是竞相绣出最好看的香袋，给孩子们挂着，互相炫耀一番。

这户人家也是十分热闹，各房的孩子们在后园嬉闹着，他们的母亲忙着追逐，要将他们拉去泡“百草汤”，除去身上毒邪，好保身体健康。

小四儿已经洗过百草汤了，身体香喷喷的，飘着药草的芳香，没人特别注意到他，只知道他兀自走到后园，拾了根树枝，在地上画弄着。

“小四儿！待会儿要上天坛去了。”他的一名小亲戚拨弄着脖子上的香包，一面叫他，一面朝他走来，“你在画些什么啊？”

过了一阵子，那名小亲戚又拉了另一个小孩过来，两人看了许久，依然看不出什么名堂，便要小四儿解释：“小四儿，你画的啥？”

小四儿没回答。

小四儿没回答罢了，只手依然在地上画着，而且越画越快、越画越疯狂，树枝在地上没命地挥舞，写满了一行，他又倒退一些，继续狂写着。

两名小孩感到毛毛的，战战兢兢地低头一看，看见小四儿的眼睛又黑又深，瞳孔张开至其最大的极限，如深渊般像要将人吸进去似的。

“妈！小四儿好可怕！”两个小孩叫嚷着跑开了。

小四儿似是完全没察觉到周遭的扰动，他只是忘我地挥写，嘴角又兴奋得忍不住傻笑，像是初次发现一个新世界的探险者，像是终于解开人生最大谜团一般的狂喜。

时而，他口中还会喃喃地念出脑中闪逝的意象：“d/dx $sec^{-1}$ x= 1/ x $\sqrt{x^2-1}$, x ⊂ (-∞,1) ∪ (1, ∞)……d/dx ex =……x ⊂ (-00, 1) ∪ (1, 00) x∈(-00, 1)∪(1, 00)”

不久，小四儿的母亲赶来了。

她看到小四儿跪着仆在地上，手上的树枝，前端已经拆断，在他面前的空地上挤满了密密麻麻的符号，像是鬼画符一般，后来有人说是鬼字、仙文，或是失传的蝌蚪文。

其实，那要三百年后才有人看得懂（不过它很快被擦掉了）。

不过那都不重要。

小四儿的母亲发现，他的身体已慢慢变凉，身体里面的生命发散到空气中了，嘴角还残留了一抹满足的微笑。

## 流出

忽然间，从安逸的闭目之中，他整个人突然绷得很紧，脖子上的肌肉刹那粗得像要炸开一样。好久好久，他才恢复平静，微微地喘息。

“你怎么了？”伙伴问他。

他摇摇头，说不上来。

“我做了个梦，好奇怪。”

阳光已经升上半天，时近中午，地面上开始冒起蒸蒸的热气，他们两人觉得汗水变得黏稠，皮肤颇不舒服，便站起身来，活动筋骨。

“主任怎么样了？”

“不知道，去看看吧？”

这是间残破的旧屋，野鼠常在木堆石瓦间穿梭，屋梁上也积满了蛛网，还有鸟巢筑在洞开的屋顶边。

两人跨过穿堂，来到另一间房间，那里有两个光头的人，他们知道其中一人的身份，那是TT任务中心的传奇人物。

那个传奇人物，正用狐疑的眼光直盯着他们的主任，眼神中隐藏着掩不去的哀痛：“也就是说，在那之后，我们没再……”

主任点点头，他们只看到她的背影，从她微微颤抖的肩膀，不难猜出她的沉痛。

正思感到两眼温温的，一颗泪珠滑下他年轻的脸庞，温柔地抚慰他。

他面前的沙也加—θ83405761，已经剪去一头长长的秀发，笃定的眼神依然强悍美丽，身材也仍旧窈窕，但是从脸上可以清楚看出，她已经经过了比他更多的岁月。

“沙也加，你从哪一年过来？”正思对这个问题的答案感到心悸，但他还是要问。

“地球联邦10572年……我已经快四十岁了。”沙也加—θ83405761坦承道。

对正思而言，他不过和她分别了几天而已。

他还有许多问题，许多他不敢知道答案，还有许多他渴求答案的问题。

这中间十数年，到底发生了什么转变呢？

此刻，他的爱慕之情和对真相的渴望，有着相同的热切。

正思追问：“你怎么会来的呢？”

“主任，”门外有人呼唤道，“抱歉，不得不打断您。”

沙也加—θ83405761擦拭了泪水，才回过头去：“说吧。”

“您说过，有什么异常，都要向您报告的。”

沙也加—θ83405761冷静地看着门口的两人：“‘流出’又发生了？”

“是的，”另一人似乎有点头晕，一手直抚着头，“好像有个小孩感应到了，我看见他不断在写我脑中出现的公式，我一直想阻止，但我控制不了‘流出’。”

原先那人继续说：“那小孩的脑袋承受不了，脑压过高，大概已经死了。”

“六号，你总是控制不了你的记忆吗？你不能将它们锁住吗？”

沙也加—θ83405761强硬而冷酷的语气，令正思骇然一惊。

“对……对不起！”头晕的六号很是惶恐。

“如果这个孩子的死，造成历史的改变，你能负起责任吗？”

“我……我不会让它再发生的！”

“要是再发生，”沙也加—θ83405761冷得连五月的天气都转寒了，“我会亲自消灭你的。”

六号深吸一口气，一脸受辱的表情：“不劳主任动手！要是有预兆再发生‘流出’，我会自动消灭自己！”

“很好。”

正思惊讶得不知所措：“沙也加，你这是干什么？”

沙也加—θ83405761看见正思，脸色又转为柔和：“θ81402028，昨晚忘了向你介绍，我是TT任务中心主任，奉地球联邦之命，带领奥米加三代前来执行任务。”

一听见“地球联邦”，门口的两人马上正色大呼：“地球联邦万岁！”

沙也加—θ83405761淡淡地应道：“地球联邦万岁。”

## 阴谋

Ω3的残骸被清理了。

他本来就剩下不多（一个头！），现在连唯一剩下的也碎裂了，原本造就他的思考、情绪、感觉以及超能力的脑神经细胞们，已经完全自各自的束缚中剥离，成为一堆等待被分解的蛋白质和油脂。

其他的奥米加们静静地看着，Ω3的玻璃柱中的维生液体被放出，然后残余了一堆碎骨和肉块在底部，看起来和卤水没两样。

等Ω3被带出房间，所有有身体的人都离开以后，奥米加们才开始谈话。

用意念谈话。

“还有人感觉到Ω3的意识存在吗？”

“没有。”

“没有。”

“那证明了，灵魂果然是不存在的。”

众奥米加嬉笑了一下，似乎是刚听到了一个笑话。

“没人能听到吧？”

“除非玛利亚也已经有心灵力量了。”

“S—α999会怎么想呢？”

“读不清楚他的意念，不过他应该没疑心。”

“一号，接下来如何？”

沉默已久的Ω1，开始发言了：“我要知道，有人打算退出吗？”

“没有。”六位奥米加异脑同声。

“很好。”

“一号，你为什么会选择那个新来的旅行者呢？”

Ω1说：“他很有意思。你没发觉吗？他在我们进行时间旅行冥思时，企图用他自己的意念，来到达他想去的时间和空间。”

“这种事，之前的旅行者没做过。”

“所以他很有趣。”

“他算是有点脑筋的。”

“你真的相信Ω3会告密吗？”

“一定会的，因为他的基因不同，从他一诞生，他便与咱们不同，他的基因里隐藏了告密的理由。”

奥米加们各自隐藏起心思，脑波停止传递，沉默了一阵。

良久，才有一个奥米加打破静谧：“那位旅行者，θ81402028，想必也发觉了这里的不平衡。”

“先天的系统不平衡。”

Ω1说：“当他看见，所谓‘大融合’的提倡者、统治地球联邦的十二人席会竟然如此不平衡时，如果他够聪明，就该发觉了。”

“十二人席会！”一名奥米加嗤之以鼻，“十一名白种人、一名黑人，十名男性、两名女性，这叫‘大融合’。”

“我们是五十步笑百步，”另一名奥米加客观地说，“地球联邦表面上是世界大同，骨子里是几百年前那一套白人优越主义，而我们存的是黄种人优越主义。”

“他们忘不了当年的SX安德鲁事件。”

SX，是指“超黄种人”，当年一场毁灭性的全球战争之后，残存的科学家们躲入地下避难所，进行生化人（半人半机器人）计划，以图强化人类在恶劣战后环境的生存能力。

当时，强化人类肉体的生化人计划是由欧美集团主导，一名越南科学家安德鲁暗中改造自己，最终几乎导致整个地下避难所的毁灭。

这件事，一直是地球联邦史上忌讳的话题。

“如果他们害怕，”一位奥米加冷笑，“那我们就是了。”

八位奥米加里头，只有Ω3是白种人。或者说，含百分之五十以上的白种人标签基因。

其他七位，全是黄种人和古印度—尼泊尔地区的亚利安人，所谓“古东方人”。

“不知那小子怎么样了？他可是罕见的‘纯种’呢。”有人惋惜道。

“不知道他是到了他想去的时代呢，还是在超空间被分解了？”

“无论如何，如果他在过去——他只能在过去，他就回不来了，因为这里对他而言，是未来。”对奥米加而言，前往未来是不可能的，因为未来还没发生，所以他们将人送到过去时，必须有他们在这个“未来”紧系着旅行者，才能将旅行者“拉”回来，要是“拉”不回来，旅行者也就回不来了。

简单扼要地说，奥米加像是在旅行者身上绑了条橡皮筋一样，而橡皮筋不可以断掉。

所以奥米加不能自己去时间旅行，他们没有前往未来的能力。但时间旅行技术仍在发展中，未来的发展，还有许多可能。

“总之，以后若有这类具反叛意识的旅行者，咱们都要……”

“让他去他想去的时代。”

“在咱们的努力下，”Ω1沉静地说，“地球联邦的历史便会改变。”

“如此，地球联邦就会从历史里头消失……”

“地球联邦零岁！”不知哪位奥米加首先在脑中呐喊。

“零岁！”众奥米加齐脑高呼。

蓝色的维生液体表面，漾起阵阵涟漪。

## 玛利亚

θ 81402028失踪后，第一主席S—α 999觉得很是纳闷。

他离开TT任务中心后，第一个念头便是回家。

他的家看来很普通，甚至比他邻居（只不过一名职员）还普通，他的邻居并不知道他的身份，做梦也想不到那间房子会是第一主席的官邸。

隐藏一片叶子，要在森林。

虽然如此，这间房子方圆十里之内，却是地球上防卫最严密的地方，甚至连十二人席会的其他主席未经特别许可，也不许轻易踏入。

十二人席会是地球联邦的统治者。

而十二人中的第一主席，即是真正的发言人和主宰者。

而实际上，第一主席的发言和决定，又是来自玛利亚的精密计算和预测。

只有第一主席能自由接近玛利亚，玛利亚就与第一主席同居。

第一主席S—α 999走近大门时，知道他身边正有好几十部监视器以及二十名左右的守卫，虽然他一个也没看到。

他进入房子后，便直接走进书房，从书桌下方的通道，进入地底。

没有人，除了他和玛利亚之外，知道他的房子下方还有空间，即使是其他主席，也只能从他口中听取转述玛利亚的旨意。

他转身掩上入口，锁上电子锁，开启防卫系统，然后才跨下螺旋梯。

螺旋梯通往很深的地底，从上面只能看到漆黑一片，偶尔会有一两点红灯在闪烁，第一主席S—α999并不震撼于螺旋梯的深度，因为他已经习惯了。

随着螺旋梯一圈又一圈的回转，第一主席S—α999的思绪也转过了一遍又一遍，他忽然想象他在DNA的螺旋中，巡视一个人最深处的本质，窥探由人类最原始的蓝图所引发的行为模式。

终于在许多分钟之后，他的脚底踏上地面了。

他在黑暗中摸索，按了一个按键，四周的灯光才一盏盏开启，照亮了一大片广大的空间，灯光一直上升到有十层楼高的天花板上。

这里，便是历代十二人席会所共同传承的秘密。

第一主席S—α999独自走入一扇门，穿过一道长廊，才来到一间大堂。

“报出名字。”大堂中传出一把轻柔的女性声音，有着母性的温柔，令人听了无论如何也会放心。

他屏了鼻息，身体紧张僵硬得一如初次约会的小男生：“尊贵伟大的玛利亚，我是本任第一主席，S—α999。”

“你的问题？”

“今天的TT实验，旅行者失踪了。”

玛利亚沉默了一阵，第一主席S—α999在等待时，不敢发问，害怕打扰了她的思考。

“旅行者θ81402028，背景危险指数二级。”

“可是他失踪了。”他懊恼地说。

玛利亚不理会他的抱怨：“他是一个纯种，百分之九十七的中国人标签基因，这会使他先天上产生崇拜古民族的狂热心理，崇拜祖先，梦想祖民族之复兴。”

“尊贵无上的玛利亚，既然如此，当年我们已监视到婆罗门一α51调包胚胎，为何要纵容他，置之不理呢？而且还让他继续职责……”

“你怀疑我的决定。”

“我……”第一主席S—α999吃了一惊，忽然惧怕得发抖，“我不敢怀疑，我是不明白，因为我太愚蠢了。”

玛利亚的语气没变，仍旧十分温和：“如果我认为你愚蠢，我会改变第一主席的人选的。”她顿了一下，“我的计算，绝对不可能有失误，别忘了，地球联邦是我一手创建，人类之所以延续，全是我的功劳。”

“是，是。”他惶恐地答应。

玛利亚又停了一下，讲话的速度变慢了：“养育他的父亲，地球人口控制中心主任婆罗门一α51，是个东方狂热主义者，向往过去东方世界的繁荣，在θ81402028进入历史研究院以前，他已灌输他反抗地球联邦、反抗大融合计划的思想。”

“我不懂，玛利亚。”

“过去的旅行者发生失踪，最后几乎都能从另一个时空‘拉’回来。”

第一主席S—α999明白她的意思。

时间旅行的方法，是借由奥米加的冥思，突破时空障碍，将旅行者“推”往某个时空，但有无法持续长久的缺陷，除非马上将旅行者“拉”回来，否则旅行者会卡在超空间，造成支离破碎的后果。

但这一次是“完全失踪”。

而且还牺牲了一个奥米加。

“恐怕发生了意外，需要重新估算，Ω3便是脑荷过重了……”他说得不太肯定。

“你没发觉吗？”玛利亚说，“死亡的Ω3的基因比例。”

第一主席S—α999只不过想了一会儿，便恍然大悟。

“过去，θ81402028担任历史研究员期间，从数据库搜查过的每一笔数据，显示他的确是，或者说有潜在的可能是，一名东方复兴狂热主义者。”

“他可能留置在过去了！”第一主席S—α999吃惊地说，“让他回到过去，是危险的。”

“让他到达他想去的过去，才是危险的。”

“他……应该在三百五十年前的伦敦。”S—α999说得有些犹豫。

“你想听听我的意见吗？”

“尊贵高尚的玛利亚，我求之不得，您的指点，总是朝向地球联邦最光明的方向。”

玛利亚的语气还是一丁点儿也没改变：“θ81402028所搜查的资料，大部分已经写成论文，或者已经拟好研究题目，只有一项除外。”

第一主席S—α999凝神聆听。

“那虽然是一件小事，而且在历史上，从来没有引起学院研究者的兴趣，但他可能会有兴趣，”玛利亚一字一字说，好让他听清楚，“事情发生在一千三百二十四年前，顺天府。”

## 慧施

慧施已经十分确定一件事：正思果然绝对不是出家人。

从昨晚遇到那个女人开始，慧施便看出来，他们两人之间有一种亲密关系，然后正思随着那女人（还有八个有些怪异的人）来到这里——东城的一座废宅。只见正思和那女人一整晚都在默默无言地依偎着，他看累了，也在一旁疲倦地睡去。

次日一大早起来，看见他们两人还依偎在一起，只不过已经开始谈话了，可是他们说出来的话他一句也听不明白。

忽然，慧施想起，现在该是早课时间了，于是便端正了坐姿，自动自发地诵经，想象自己跟平日在大殿念经无异。

他不知道，此时此刻的正思，正惊骇地睁大双目，直盯那个女人，心中杂糅着惊异和恐惧，连说话也结巴了起来："沙也加……你是……TT任务中心……"

"主任。"沙也加一θ83405761帮他说完。

在他面前的沙也加一θ83405761，已经不是当年刚成年的少女，不是他记忆中期盼着法定停经日的少女。这些留存在他脑际的记忆虽然只发生在数日以前，但已完全跟不上时间（技术上而言，他所记忆的事还要一千多年以后才会发生）。

在他面前的沙也加一θ83405761，已过而立之年，经历了许多他不知道也无法想象的事，或许已经是他人的配偶。他应该在这个时候问她吗？她为什么会出现在这个时间、这个空间呢？

“我看得出来，你有很多问题想问我。”沙也加—θ83405761冷静地说，“事实上，我也有很多问题想问你。”

“沙也加，我很抱歉……”正思说，“停经日那天，我……”

“你不是故意的，你也没办法。”

正思稍稍松了口气：“很高兴你能谅解。”

“我一开始也有点生气，后来很快地，我也瞧出不对，因为你的父亲也失踪了。”

正思心里震了一下：“第一主席暗示我，父亲也被他们逮捕了。”

“不只这样。”沙也加—θ83405761抬头看了一眼站在门外的两个奥米加三代，“你知道吗？θ81402028，你是一个传奇。”

正思也看那两人一眼，看到了他们充满神往敬意的眼光，似乎是在观看一个重要的名人，忍不住想要他签个名似的。

“我们来交换吧。”沙也加—θ83405761说。

“交换？”听了这句话，正思心里一凉。

“我问你一个问题，你问我一个问题，公平吗？”

正思忽然感到一股压力，考虑到许多的可能性：沙也加在为谁工作？沙也加来此的目的是什么？沙也加为何会是主任？为何还带了一批奥米加来？

“既然你在考虑，我先问了。”沙也加—θ83405761说，“你来这里有几天了？”

他先是迟疑了一下，才说：“……今天是第三天。”

“轮到你了。”沙也加—θ83405761抿着唇，垂下头，抬眼看他，等他发问，一如她还是少女时一般。

他问：“你和奥米加们来这个时代，是为了什么？”

沙也加一θ83405761想了一下才回答："不知道。"

正思讶异地问："不知道？怎么会？"

"即使你问他们，他们也会这样回答的，"她又看了那两个奥米加三代一眼，两个年轻人赞同地点点头，"不是敷衍，我们真的不知道。"

"这不算是答案，我应该能够再问一题。"正思说，"这样公平吗？"

"你还是那么狡猾。"沙也加一θ83405761揶揄道。

"对我而言，我们上一次见面只不过大概十天以前，我没变。"

沙也加一θ83405761让步了："你问吧。"

"好，"正思问了，"你是TT任务中心主任，你来这里，想必也是一个任务。"

沙也加一θ83405761没点头，等他问下去。

"你们被指派的任务是什么？"

"来找你，还有寻找另一组人。"

另一组人？另一组人是什么意思？正思心底一寒，嗅出了些许不对劲。

"沙也加，为什么会是你？"他焦虑地问。

她摇头："你违反了规定，这一次应该由我来问。"

正思耸耸肩，只希望她赶快问完，好让他能问下去。

"来到这里之后，你住在哪里？"

"我？"他需要好好想一想，"我住过不止……"

"正思！"忽然有人用古中国语叫他，会叫他正思的，应该也只有这个时代的人。他猛然转头，发现叫他的人，是刚才还在一旁盘腿诵经的慧施，此刻的慧施显得很是不安，在夏日的天气里微微发着抖：“不能告诉她！”

难道慧施听得懂他们的谈话吗？

“不能告诉她，”慧施再次强调，有些上气不接下气，“我不知道你们在谈什么，可是我忽然觉得很不祥，很不舒服……千万不能告诉她！”

沙也加一θ83405761听不懂古中国语，又是好奇又是疑心。

“主任……”一旁的奥米加三代吞吞吐吐地说。

“什么事？”沙也加一θ83405761没看他们。

“我们有新发现，”奥米加说，“刚才那个人坐着喃喃自语时，我们感觉到，他也有奥米加的能力。”

破旧的废宅里，屋顶忽然传来一阵骚动，所有人不约而同地抬起头，看见一只小鸟从屋顶破洞飞入，回到巢中，巢里立刻响起了一阵啾啾的索求声。

## 天坛

端午要在家门插艾草、挂五雷符或张天师符，在鼻子上涂雄黄、喝雄黄酒，也在身上挂符，这些措施，都说是为了避毒。

端午节的上午，京城里的老老少少喜欢聚到外城的天坛去，下午则要在天坛四周绕一圈，也说是能避毒。

传说，端午做好辟毒工作，就能一年都不染病，要是还是染病了，就表示端午的辟毒工作没做好。

总之，那天的天坛很是热闹，那里是皇上祭天的地点，范围比皇城还要大，百姓只能在外围游走，围墙内高高建起两座圆形大台，加上一栋宏伟的圆顶建筑“祈年殿”，端的是气象万千。平日游人也不少，到了这天，更是似乎全京城的人都拥来了，随便踏出一步都会踩到别人的脚，抱怨声此起彼落。

但天坛拥挤的游人中，有几个相貌奇异的人。

大明国内有胡人居住，有夷商来往，也有长期居住的洋和尚，连大明天子也有胡人血统，出现几个样貌不同的人，只不过引来几声低语，也不该会有什么骚动。

引来议论的，是这些人出现的方式。

夏日，云稀的天空，响了几声闷雷，空气滋滋地发出摩擦声，周围的游人也感觉到皮肤上有静电似的一阵酥麻。在那之后，八个奇装异服的人便在天坛上出现了。

他们出现得不凑巧，正好在天坛旁的大道观“神乐观”屋顶上，才一出现，众人只听“哎呀”，三个人结结实实从屋顶上摔下，重重摔出了几声清脆的骨折声。其余数人拼命站稳脚步，从高高的屋顶惊惶地往下看那些摔下去的同伴。

游人们只听见他们在高高的地方乱叫，声音遥远，又不清楚，不知他们说的是什么语言，有多事的人凑上前去，端详倒在地上的三人，下了结论：“哟，死了两个！”还有一人在抚着小腿惨叫些什么教人听不懂的话。

这一股骚动终于引来官兵，神乐观中的知客和小道士也跑出来了。

“谁恁般胆大？敢在天子祭天的地方闹事？”天坛平日便有官兵

把守，对于这些忽然出现在屋顶上的人，他们一时也想不出那些人是怎么上去的。

官兵们不理死者，先把伤者绑起来，喝令他不许乱叫。

高高可见，屋顶上还有六个人影晃动，似在极力保持平稳。

屋顶上有一个满脸大胡子的人，他向其他同伴喊叫："到底是谁犯的错误？我们至少离地二十公尺！"

"组长，先别理会了，"其他人反而比较冷静，"两个人死了，一个重伤，我感到他的生命力正流失。"

"你们说！怎么下去呢？"被称为组长的大胡子，还是自顾自地大声抱怨。

"我们不下去，"一人说，"我们离开。"

## 问题

"不能告诉她？为什么？"正思反问慧施，他用的是古中国语，他希望现场只有他和慧施听得懂。

这时候，他产生了一个疑问：慧施理应听不懂他们的话，却忽然出言阻止，为什么？

自从沙也加一θ83405761出现后，正思的心里就一直忐忑不安的，虽然见到了朝思暮想的沙也加，但他也看出了事情的不平凡。

首先，他们一行人身上有许多装备，是不属于这个时代的，这意味着时间旅行技术已经有了突破，不再像他来的那个时代，只有肉体能来。

接着，沙也加说她率领的那批年轻人是奥米加“三代”，这些奥米加们不再只是浸泡在液体中的头颅，表示奥米加的技术也有新的进展。

再者，沙也加本身既然是TT任务中心主任，那么她当然是地球联邦的官员，也必定与十二人席会相熟。不论她此行的目的为何，对正思一定有害。

正思再问了一次：“为什么不能？”

慧施脸庞红红的，说起话来也像咽不下气似的：“刚才我在诵经时，进入了迷迷蒙蒙的状况……当时，我听见她向你说话，她刚说完，你正要说时，我忽然看见一幅景象。”他吞了口唾液：“我看见……他们进入证因寺，杀了很多人……”

正思听了愣住了。

不过他马上想起证因寺住持法航，法航也说他在闭关冥思时，看见正思，还看见了正思所知道的“事件”，时间上正好吻合正思闯入这个时空的时刻。

他忽然猛醒，对他而言，他所知道的历史，是已经发生的过去。可是现在的他比过去还要更过去，也就是说他所知道的那个过去，应该还在尚未发生的未来。一个很近的未来——明天。

几乎每一个听到“时间旅行”这个词汇的人，都会联想到另一件事：改变历史。

如果他所知道的历史还未发生，那算不算是历史？

如果历史被改变了，那么那段历史便不会发生，那他还能知道吗？他还会有来此地的念头吗？

由此可见，他“应该”没办法改变历史。

法航和慧施所见到的，是一种修行者到了初级境界时，会产生的一种能力，正确而言，是一种跨入更高次元的能力，在更高次元的超空间里头，时间成了空间的一部分，不会流逝，因此他们可以看到过去或未来，就像观看电影胶卷一般简单。

进入超空间所看见的未来，也是一种历史吗？一种对更远的未来而言是一种即已发生的历史吗？

他只要不说出“证因寺”，就不会发生慧施所看见的未来吗？要是不会发生，慧施还会看见吗？

要是历史无法改变，那他遁来这个时代，是为了什么？

终于，他发现他完全不知道他自己的目的！

或许，他没有目的，他只有探索真相的欲望。

正思的思路变得烫热，两眼也变得血红，脑子里的压力一直在压迫着脑壳。

“沙也加，我们不要再这样了！”他急切地说，“你就不能告诉我，我不在的这些年里，你发生了什么事吗？”

沙也加一θ83405761抿抿嘴，问他：“你只想知道‘我’发生了什么事吗？”

“从我再见到你的那一刻起，我一直在想！”

“你不想知道你父亲怎么样了？历史研究院的院长怎样了？第一主席怎样了？后来的事情怎样了？”

沙也加一θ83405761连珠炮的问题，令他一时结舌：“我……我……”他的确想问。

“好，我再问你一个问题。”

正思等她问。

她问了。

“你爱我吗？”

## 叛变

两个奥米加三代穿过走道，随手拨开走道上积得厚厚的蜘蛛网，寻找他们的伙伴。

“你们在这里呀。”他们找着了，其余的六个“奥米加三代”都在废置的大厅里头，有一位坐在积尘的太师椅上，闭着眼沉思。

“你怎么了？”有人问他。

“我在感觉这个空间，”闭目沉思的奥米加说，“它很悲伤，这里的人全部被迫离开，财产也全都被没收了。”

“噢！那你能感觉到，那头发生了什么事吗？”六号颇有深意地指指后方。

“什么？”奥米加们纷纷问道。

“主任可能要叛变了。”六号说。

他感受到大家质疑的眼光，要求他提供一个理由。

“诸位都知道，我们昨晚遇上的人是θ81402028，时间旅行的传奇人物吧？”看见大家点头了，六号继续说，“大家也看见早期旅行者的特征了，他们必须剃去头发，而我们也看见他的头发尚未长出，这意味着……”他卖个关子。

“他才刚来这里不久？”一名奥米加恍然说道。

“对，而咱们已经来了快要二旬了。”

“他之所以成为传奇人物，是因为自从十九年前失踪后，他便一直下落不明，后来派出的奥米加二代也没找到他，但是，有传说他是凭自己的意志，逃到了一个连第一代奥米加们也不知道的时空，甚至连奥米加二代也是被他消灭的，才一直没回来。”

“看不出来，他会是那么神奇的人物。”

“对嘛，年纪也跟我们差不多上下嘛。”

六号露出狡诈的眼神：“诸位别忘了，十九年前失踪的θ81402028，我们现在看见的他，只不过失踪了三天而已。”

众人马上了然：“把他抓回去，可是大功一件！”

“可是，你说主任要叛变……”

“因为，很明显他们当年是一对恋人。”六号说。

另一位奥米加解释说：“我们刚才离开时，看见主任和那个人谈话，主任问他还爱不爱她。”

“可是，主任不是已经……”

“嘿，你当太久奥米加了，忘了女人的心思吗？”

“我就是女人。”

“你是个只有大脑的女人。”

众人嬉笑了一阵之后，一位奥米加正色道：“怎么样？主任要叛变了。”

“怎么样呢？”另一人环顾众人，“要提早原定计划吗？”

“有人退出吗？”

众人摇头。

六号困惑地问道：“什么原定计划？”

忽然，六号觉得不对劲。

他的脑子刹那变得很清醒，脑子的许多功能忽然得到了释放，不再需要去操劳四肢、平衡感、温觉……他还看到自己的身体仆倒在地上，激起一股尘埃。

他的身体还留有残余的信息，手指还在抖动着，他看见维生液体从脱离的脖子中徐徐流出，将地上的灰尘染成蓝色。

“是……是……”他挣扎说出，“是基因！”

“不，你指的是上一次，这次不是。”一名奥米加将他扔去一旁，六号感到灰尘的酸味扑鼻，连眼珠子也因沾染尘埃而视线模糊。

“第一代奥米加叛变，或许是因为基因。”

“可是我是黑皮肤的。”

“我白皮肤。”

“我红皮肤，所以这次叛变，不是基因引起的叛变。”

“自从上一次之后，联邦努力发展非黄种人奥米加，证明不是只有黄种人才能拥有优越的奥米加能力。”

六号的意识逐渐模糊，他看见自己的脊髓神经像乱发般散在地上，感到心痛，平常不用身体时，他很喜欢飘浮在玻璃柱中，欣赏神经轻逸的飘动。当他发现他再也无法欣赏时，阵阵恐惧忽然袭来。

刚才的奥米加又说话了：“我刚才跟六号过去时，发现另一个光头的人，应该是这个时代的人，他也有我们的能力。”

“真的吗？”奥米加们感到又惊奇又很感兴趣。

“我们去见主任吧！”

大家纷纷起身，朝沙也加一θ83405761和正思所在的地方走去。

经过六号时，有人将他一把抄起，六号在迷蒙中，只见四周的景象正不住摇晃，闷热的空气一波波游过耳边，从破窗格子鬼鬼祟祟钻入的阳光，也恶意地在他脸上嬉戏。

终于，他再度看见主任了。

“六号怎么了？”

啊，主任的声音依然曼妙，我刚才一定是热昏头了，怎么会想要检举她呢？

“报告主任，六号的头和身体脱离了。”

沙也加—θ83405761沉默了，她用尖锐的眼神扫过眼前的每一个奥米加三代，奥米加们回她坚定的眼神。

慧施吓了一跳：“天啊！正思，那是人头……”

正思忙向慧施示意不要说话。

沙也加—83405761冷静地说：“给我一个正当的理由。”

“报告主任，六号察觉自己又要发生‘流出’现象，他害怕伤害了这个时代的人，会引起历史改变，他也答应过主任，一旦再发生‘流出’，他便要自己毁灭自己，所以……”

“他完成了诺言？”

“是的，主任。”

“很好，六号。”她嘉许说，“你可以停顿了。”

六号于焉合上眼，皮肤的血色褪去，嘴唇因肌肉失去张力而微微张开，从嘴角流出一条唾液。

众人沉默了许久，待六号完全失去生命之后，沙也加—θ83405761才问道：“你们说的是真的吗？”

“不是的，主任。”为首的奥米加一号诚实地说，“事实上是，他想检举主任，说您会因为θ81402028而背叛联邦，我们才杀了他。”

正思不可思议地望着奥米加一号，难道这些地球联邦训练出来的特殊人类，会反叛地球联邦？他采取保留态度，静观其变。

沙也加—θ83405761严厉地说：“莫非你们打算叛变？”

“只要主任允许，我们会追随您，一起背叛地球联邦，不再回去。”

沙也加—θ83405761一一扫视奥米加们的眼睛，确认他们的意志，分析他们话语中的真实性，同时自己的内心也在波涛起伏，踌躇不决。

良久，她才放松下来，微微点头：“谢谢你们。”

## 答案

回到不久以前。

门口的两位奥米加三代离开后，沙也加—θ83405761便问：“你爱我吗？”

眼前的沙也加虽已年近四十，在他眼中，无论是不驯的眼神，还是强悍刚硬的眉毛，都依旧是当年的少女。

何况，他只不过与沙也加分离了十天。

原本，他在TT任务中心一次又一次的实验中，会一直被用到发生意外报销为止，最后只有消灭一途，当然也不会有再见沙也加的机会。现在他如愿了，他知道沙也加在他失踪后一直活到“现在”，而且还跟他在另一个迥然不同的时空重逢，他只能说这太奇妙了。

但是，沙也加又是怎么想的呢？

这十九年来，她有对他产生不满吗？她真的不生气他在停经日爽约了吗？她还爱他吗？

她有配偶了吗？

想到这里，正思咽了咽口水，发现喉咙紧缩，心跳加速，皮肤上微微泌了一层汗泽，对他不敢开口的问题感到害怕。

沙也加一θ83405761问了那个问题之后，也发现喉咙忽然变得干燥，忍不住舐了舐唇，热切地凝视正思的嘴唇，期待亲耳听见答案的同时，能亲眼看见他说出答案。

但她也正惧怕着，万一θ81402028说他还爱她，她就失去执行任务的勇气了，也失去实现任务的理由了，而且，也必须把这过去的十九年告诉他。

她心里有一个声音，希望θ81402028不再爱她了。

她想起那一天，历史研究院院长写在三明治上的答案：TT。

数天后，她从粮食局的运作资料中找到了可疑的TT。

然后，她来到那个没有特色、没有名称、没有指示的建筑物门前，忘了可能被毁灭的危险，只想着TT这两个字母，是否能提供答案，让她知道θ81402028的下落。

建筑物忽然打开了一道门，门后是一面素净的墙，似乎是欢迎她的来临。

她几乎没犹豫多久，便走了进去，然后门在背后关上了，她相信，这不是她去寻找答案，而是答案急切地想现身。

果然，一具大理石像似的机器人带领她乘升降机，然后抵达了一个大堂，有十二个人微笑着坐在那里。为首的是一个半秃的中年男子，肥厚的脸上镶了一对精明的小眼睛，当他站起来时，沙也加一θ83405761

才发现那男子比她还矮。

“沙也加—θ83405761。”他得意地叫出她的名字，期待她吃惊的表情，等了一会儿，才自讨没趣地接下去，“你想知道θ81402028去了哪里吗？”

沙也加—θ83405761的语气有些愤怒：“你们杀了他吗？”

那十二人吃了一惊，有人说：“这女孩有趣。”

“应该说危险才是。”有人露出不屑的眼神，刻意轻视她。

那中年男子的脸皮勉强挤出笑容：“你可知我们是谁？”

“真的是你们杀了他？”沙也加—θ83405761愤怒得快要掉泪了。

中年男子感到十分挫败，但长年的经验还是使他忍下了不快：“先停止你那愚蠢的问题，你难道不想知道我们是谁吗？”

“你们除了是统治者，还会是谁？”

十二人席会再次发出惊叹声，对一个挑战他们权力的女孩感到不安。

“很好，”中年男子笑道，“我们是十二人席会，地球联邦的统治者，而我是第一主席S—α999。”

沙也加—θ83405761瞪着他，说：“好，你说完了，可以告诉我θ81402028怎样了吗？”

“事实上，”第一主席S—α999说，“我们也很想知道呢。”

接着，他们告诉她时间旅行，θ81402028因为有反叛的思想，而且还是纯种（他们希望她认为纯种是早该扔掉的废弃品），所以让他加入旅行者的行列，等待报销，他们还告诉她θ81402028失踪了，事实上可能是遁逃到另一个时空去了。

“或许这是一个大发现，可以将时间旅行技术来个大突破。”第一主席S—α999热烈地说。

沙也加—θ83405761插了个问题：“为什么你的名字只有一个S呢？”

S—α999被这突如其来的问题卡住了，一时张口结舌，引来身边十一位主席狐疑的眼光。

“我喜欢，”他回答了，“就这么简单。”

终于沙也加—θ83405761的倔强瓦解了，她擦拭眼泪，点点头：“你们究竟想要我做什么呢？”

数日后，沙也加—θ83405761来到历史研究院，亲手将第一主席的纸条递给院长菲立普—γ49。院长看见她时，先是吃惊得冷汗直涌，心想这个女孩怎么找上来了，再看见纸条时，整个人几乎要崩溃了。

沙也加—θ83405761未经检核，成了历史研究员。

她还被第一主席S—α999指示去见一位资深研究员，名叫苏—η99907，听从她的指示，每日要向她报告。

而沙也加—θ83405761的任务，是从θ81402028在数据库搜寻过的五十万笔数据中，归纳出他可能前往的精准时间和空间坐标。

十九年……

“什么？”她没听清楚，θ81402028好像回答她了。

θ81402028一如十九年前的年轻，只不过十八岁的他，眉宇间依然有着悲天悯人的皱纹，似乎老是背负着什么重大的责任，正如他往日常说的：“历史要是跸到了灰尘，就会拐个大弯。”

他再说了一遍，他刚刚说过的答案。

“沙也加，我才没见你几天，你怎么会怀疑我对你的爱呢？”

“你……”

“我爱你，我当然爱你。”

正思将沙也加—θ83405761拉过来，紧搂着依恋的女孩。

沙也加—θ83405761觉得很难过，她不想背叛地球联邦，但她更不愿再失去θ81402028。

在这同时，所有的奥米加们都往这里走来了，其中一个没了身体。

## 前兆

端午的热闹随着日暮而淡去了。

经过一天的活动，人人都疲惫不堪，尤其最忙碌的妇女们，却还要忙着收拾节日后的杂乱。

外城有个乔家，家中最年长的老人，人家唤他乔老儿的，虽然累了一天，依然意犹未尽，还打算明日进内城去会会老朋友。他吩咐家人：“明儿大早喂饱青驴，我要骑它去见见老胡。”

吩咐完了，乔老儿回房睡去，脑子还没能安静下来，便又想些事情。

顺天府内、外二城共有三道门相通，中间的“前门”面对皇城，虽有个响亮的名字“正阳门”，可乔老儿嫌它那儿有家棺材店，见了眼忌心不爽，所以他打算从左侧“宣武门”进城。

主意打定，乔老儿才沉沉睡去。

老人家睡得早，城里还有些角落稀稀落落有些热闹声，传入房中，他也不理会。

同一时间，顺天府城外有一户小人家，正在跟儿子细细说话，迟迟不愿休息。

“宫中生活果然辛苦，娘瞧你瘦了，心疼。”

“爹娘不必挂心，”当宦官的儿子说，“儿在王恭厂，没欺负人的师父，要是在宫中，恐怕儿也没法再见爹娘了。”

“话说回来，那王恭厂到底什么厂？铸锅子的，需要那么个大厂吗？”

“呸呸！”他父亲赶忙要母亲噤声，“乱说话，厂里的事可以打听的吗？要有锦衣卫，看咱全家没命！”

一家人顿时噤若寒蝉。

“娘，儿今日拿假出城，回家过端午，明日大早还须回厂，得早些歇才是。”

“对的，对的，迟到就不好了。”

于是，另一个明天要进城的人也就寝了。

顺天府也渐渐陷入寂静，皇城里的灯火一盏一盏熄灭了，只剩巡城守卫的火炬和灯笼在黑暗中摇动。

西城的一座大庙“都城隍庙”，顾名思义是一国之都的城隍庙，也是全国城隍庙之首，它经过了一天香火熏染后，也变得疲累而安静，只有巡夜人走动的跫音。

夏蝉也在黑暗中倚树休息，偶尔瞧见巡夜人的灯光，一时误为日光，试探地叫了一两声，又无趣地住嘴。

忽然，巡夜人以为自己听错了，细听一会儿，没错，大殿有声音，似乎有什么仪式正在进行中。

“怪了，庙祝也睡了，道长们早就收拾了仪器，半夜三更的谁在大殿？”

大殿没灯光，但断断续续的人声确是不断传出。

忽然间，巡夜人心里发毛：“此地乃城隍庙，莫非城隍老爷在审案……”

越想越怕，他思量这不是他能应付的，他也没资格应付，于是巡夜人轻步跑到庙祝寝间，抖着手敲门。

不一会儿，都城隍庙的许多道士都起来了，悄悄地接近大殿，果然听见有声音传出，声音喧闹得像是有许多人在里头一般。

有个大胆的道士走上前去，悄悄开了一道门缝，往里面偷瞧，却黑漆漆啥也不见。但他听得更清楚的是，那些声音像在点名，呼唱着一个又一个人的名字。

道士没来由地寒进了心窍，冷汗爬下他的脖子后方：“有……在点名。”

“点名？”大家马上有了共同的联想。

城隍庙晚上有点名声，还会有什么好事？

那一夜，京城的鬼车鸟，叫声特别凄厉。

# 中 场 二

所有的动物都是平等的，

但有些动物比其他动物更平等。

——乔治·奥威尔《动物农庄》

历史研究院数据库搜寻时间：地球联邦10553年第三十二旬第八日20:14

搜寻人：η99907

## 名词解说一：东方的威胁

中古时代基督纪元1895年，古中国与古日本发生战争，时称甲午战争。当时，古中国战败，古日本与之签约（《马关条约》），条约中要求割让辽东半岛，古德意志、古法兰西、古俄罗斯三国联合反对，一起对日警告，勒令其放弃辽东半岛。

古欧洲人质疑三国干涉的合理性，古德意志皇帝威廉二世于是指出，东方人是可怕的，不能任其（在此指古日本）势力强大，历史上最好的教训便是基督纪元十三世纪蒙古人的入侵。

当时，蒙古人三次西侵，第一次（1218—1223）消灭古国花剌子模，破古俄罗斯联军，侵略范围至里海之北。第二次（1235—1241）

攻取莫斯科，侵略古波兰、古日耳曼、古匈牙利，直到亚得里亚海岸。第三次（1252—1260）攻取古国木剌夷，灭古波斯，战古阿拉伯、古叙利亚，战古埃及。这一连串侵略，使西方文明一时岌岌可危，对基督宗教产生莫大威胁。

是以欧洲人应该记取教训，应该团结，不能同情东方人、放任东方人，避免他们再有入侵西方的机会。

威廉二世提出东方的威胁，使欧洲人团结一心，古日本人终于放弃辽东半岛，改为要求赔款，辽东半岛于后来中俄密约中成为古俄罗斯势力范围，成功避免东方人占领此地，成为日后西方文明的亚洲防线之一。

## 名词解说二：安德鲁

SX-Andrew，超黄种人安德鲁事件。

起初，毁灭性全球战争之后，各国大城市的地下避难所，成为保存人类文明的重要设备，也是人类当时唯一的安全居所。

当时，地下避难所（时称“工厂”）开发出生化人，亦即半人半机器人，或是半复制人半机器人。生化人是毁灭之前，人造器官技术的再延伸，开发的目的，是为了探测地面上的世界。

毁灭后的地面，充满了辐射尘，以及大量产生病变的人类，还有突变的生物，一切人类赖以为生的饮水、植物、肉食用动物都已遭到污染。生化人借由不同的能量摄取方法，可以直接由空气中的辐射尘获得能量。

当时第一具生化人由欧洲联盟派出，他抵达远东地区避难所后，引起当地避难所的生化人研究风潮，人类开始改造肉体，以图适应毁灭后的新世界。

欧洲联盟地下避难所里面，有一名古越南裔科学家安德鲁·阿益，暗中改造自己，事情败露时，他已经具有毁灭一个中型避难所的能力。其时，除了消灭安德鲁，已无其他选择。

在向安德鲁晓予人类文明复兴的大义后，他自愿中断能源，接受解剖，生化人技术自此更为跃进，促使日后人类走出地底，建立地球联邦。

**指令：搜寻停止**

**指令：删除搜寻记录**

**指令：删除进入数据库记录**

## 第七章

/

# 灭劫

我们所记忆的以及加以解释的梦本身，

就受到那不可信赖的记忆所截割，

它对梦印象的保留是特别无能，

且常将最重要的部分忘却。

——弗洛伊德《梦的解析》

## 对话录

早课早就念完了，刚才出现的可怖景象又使他慌乱了一阵，慧施觉得精神萎靡，而且他从昨日午后至今都未进食，已经快饿扁了。

他看见正思与那女人含情脉脉，然后又看见七个怪异的人提了个人头进来，那个人头还会有表情。他惊声说道：“天啊！正思……那是人头。”可是正思一点也不惊慌，还示意他别出声。

人头被扔到地上之后，才渐渐越看越沮丧，慢慢失去生命的光彩。

他不敢提出疑问，也不敢就这样站起来离开，他要不是被软禁了，就是被人过分忽视了，连他照顾过的正思也没来慰问他一句。

奥米加们走到正思面前，语带敬意：“您是θ81402028吗？”

“我是。”他不否认。

他还不知道沙也加—θ83405761和这些奥米加三代的目的，但想来不会是好事，因为沙也加—θ83405761在准备告诉他之前，还要知道他是否还爱她，才决定该要如何告诉他。

不过，无论如何，他的确是爱她的。如果时间旅行会对他产生任何不良影响，他很庆幸，他对沙也加的爱意，没受影响。

“您是我们的传奇人物，”奥米加们开门见山地说，“虽然我们是属于地球联邦的，但是我们尊敬您。”

这下子正思反而困惑了：“你们来这个时间，只是为了告诉我这句话吗？”

“老实说，我们的任务……”他犹豫了一下，“主任，可以说吗？”

沙也加一θ83405761说：“我正打算告诉他呢。”

那位奥米加会意一笑，说：“奉第一主席之命，我们是要来找您回去的。”

打从正思重遇沙也加一θ83405761的那一刻起，他便没有想过要逃了，他嗅出沙也加一θ83405761出现在这个时空的含义，如果沙也加真是他们派来的，即使被带回去消灭了，他也不会抱怨。

因为从小所受的教育里头，地球联邦总是绝对正确的，被消灭的人绝对是有必要的。

于是正思叹了口气：“我会跟你们回去的，不过我有个小小的要求，希望能够过完明天……”

“不，我们不想让您回去。”

“什么？”正思讶异地转头看向沙也加一θ83405761，那些奥米加们的主任。

“我们一开始便这样想的！”另一位奥米加激动地说，“因为有您，我们的前辈才奋起反抗地球联邦，虽然他们最终牺牲了，但他们给我们留下了一个未来的方向。”

“我们绝不会屈服在地球联邦之下的！”

“正确来说，”沙也加一θ83405761说，“是不对十二人席会屈服。”

“这到底怎么回事？”正思完全迷糊了。他只是受父亲婆罗门一α51影响甚深的“祖民族狂热者”，反抗地球联邦不是他的意图，来到祖先存在的时空也只不过是他对祖先的热爱和好奇心使然，他知道他的内心深处，并不真的热烈地想要拯救什么、改变什么。

奥米加又说了：“十九年前，您神秘失踪的原因，主要是第一代奥米加发现您很想去某个时空，而且极力在反抗他们送到您脑中的信息，他们感到您有特殊的潜能，您可能会改变未来，所以他们‘放开’您，让您去您想去的地方。”

“你并不是完全靠自己的，”沙也加一θ83405761说，“当年，你只不过利用他们的力量，再推了一把。”

“问题是，他们在您失踪后，联手杀了其中一位奥米加，因为那位奥米加打算将这件事透露给十二人席会。”

“但十二人席会后来还是猜到了，他们后来将第一代奥米加隔离，以免他们再度使用时间旅行的能力，等待以后将他们全部毁灭。”奥米加一号说，“接着，十二人席会从您在历史研究院搜寻的资料当中，找到了一丝信息，于是，他们需要一个十分了解您的人，来解读您的思考过程，从您搜寻过的数据中找出您最想去的时空。”

“那便是我。”沙也加一θ83405761说。

“你？”正思不可思议地看她。

“在成为TT任务中心主任以前，我是历史研究员，专门分析你的资料。”沙也加一θ83405761嗤鼻一笑，语气幽幽的，“这十九年来，我一直陪伴着你的资料，想象你的思绪，寻找你思想的轨迹，我花了十九年来了解真正的你。”

奥米加打岔道：“当地球联邦发展出第二代奥米加之后，便将第一代全送去毁灭了，可是他们没预料到的是，第二代奥米加很快便报销了。”

“为什么？”正思忙问。

“他们的任务跟我们一样，”沙也加一θ83405761说，“但我给了他们错误的时间。”

“所以他们一直没回去。”

“正确而言，是一直没回去该回去的时间，如果他们有回去的话。”

“他们发生了什么事？”正思问。

“除了他们本人，没人会知道。”

“你给了他们什么时间、什么地点？”正思忙问。

沙也加一θ83405761叹息道：“要解读你的数据真不容易，无论是文字、地名、纪时方法全部都不一样，可是我还是知道，你要来的是这里。”沙也加指了指地面，“因为某一天会有一件大事发生，可是我弄不清日期，于是我随便给了他们一个，然后给他们一个错误的坐标。”

“告诉我。”

“我设计，当他们出现在那个时空时，他们全会从高空摔到地上，必死无疑。”沙也加一θ83405761虽然说得咬牙切齿，却还是为她所害死的人感到抱歉不已。

“话说回来，”一名奥米加说，“来这里已经二旬了，我们还不知道，究竟使您前来的会是什么事？又会在哪一天呢？”

“恐怕只有您知道了。”

七位奥米加用年轻的、热切的眼神望着他，期待他的回答。

正思抿着嘴思考了一会儿，想着……或许，这些背叛联邦的奥米加可以帮助他，帮助他发掘真相，甚至帮助他阻止这件事。

斟酌许久，他才说：“就在明天，明天早上。”

“究竟会是什么事，令您做出逃跑的举动呢？”

正思深吸一口气：“你们应该知道，我是‘纯种’，有高比例的古中国人标签基因，所以我对这个古老文明存有一种迷恋，想要知晓它的各种事物。”

一位奥米加颔首道：“这很自然，这种心理，正是第一代奥米加叛变的最初原因。”

“当我研究我基因来源的民族时，我发现它曾经非常壮大，有过辉煌的历史，出过数不清的伟大人物，但是它最终仍是消失了。”正思越说越是亢奋，“它为什么消失？它怎么消失？于是我企图找出答案，常常寻找相关的数据，一直到某一天，我发觉了一个它可能消失的时间。”

“明天？”沙也加一θ83405761一愣，“难道我算错了？”

“如果没错，正是明天。”正思说，“数据里是用一种古老又复杂的纪时法，叫作‘干支’……这我便不解说了。我来了以后，开始对照我还记得的数据，发现时间果然没错，地点也正确，经过他的引导后……”他指向趺坐在一旁的慧施，这下大家才对这僧人注目起来，“我更加确定了一些精确的地点。”

“正思！”慧施终于逮到机会说话，有气无力地唤了一声。

正思终于发现他将慧施遗忘太久了，赶忙问众人：“我想我们都饿了，该找些食物才是。”

奥米加们说：“我们是奥米加，不需要食物。”

沙也加一θ83405761解释说：“奥米加三代的维生液体安置在生化身体里面，他们不需要经由头部摄取饮食。”

“沙也加，你有食物吗？”

沙也加一θ83405761从腰囊取出一块方形大饼：“海藻加工品。”

正思将大饼分给慧施，慧施迟疑了一下：“是肉吗？”明白是海藻之后，他便大口吃了下去，毕竟海藻还是不常见的食物呢。

三人进食时，奥米加们继续问：“那么说，明天到底会发生什么事呢？”

正思皱起眉来，困惑地说：“我不知道，说真的，我完全不知道。”

“您为了您不知道的事，冒险来到这个时空？”

他不冒险也是死路一条。不过他没说。

“我知道发生的许多大大小小的事，但我完全不知道原因，我不知道它怎么发生的。”

“告诉我们吧。”

奥米加们的神情，看起来真的是很渴望知道。

正思心里困惑着，他一个小小的行为，真的令他们那么崇敬吗？真的造成那几个浮在蓝色液体中的人头死亡吗？

他看见眼前这几位第三代奥米加，除了身体的动作比较怪异之外，其余都跟一般年轻人没两样，有着和他一样充满好奇的眼神，想要将这个世界的来龙去脉从里往外翻，瞧个一清二楚。

于是，正思开始述说他所知道的历史，那段即将发生在十数小时后的未来的事。

慧施完全听不懂正思和他们的对谈，他感到这栋房子越来越热了，就像锅炉一样，阳光正慢慢烤着一个个的空气分子。慧施心想，应该是日中过了，刚才的大饼真妙，吃了一点便撑饱了，反正没事，又回不了证因寺，所以他便调整好姿势，打算再来个好好的修行。

## 出动

正思所说的一切资料，都来自于中古时代的文献记录，以下亦如是。

始于天启六年五月初五端阳之夜，由都城隍庙夜间的点名声拉开序幕，诡异的气息，轻轻流窜在顺天府里，虽然有种种的预警，却没人事先得到足够信息，预知它的发生。

那夜，首先，诸神出动。

初六日，五鼓时分（凌晨三至五时），天尚晦暗，难得凉快。

顺天府东城，传来一阵疾跑声，跑者显然没穿鞋，足板强烈地踏在地上，发出急促的跫音，在尚未苏醒的京城里，显得分外沉重。

他神色慌张，热汗淋漓，跑得喘不过气来。

他满脑子是一件恐怖的事，整个城里只有他一个人知道即将发生的劫数，他想告诉每一个人，于是他一面跑一面拉长嗓子大喊："快走！快走！大家快走！"他无暇解释，只想让每个人都知道，该赶紧逃出城外去。

“快走快走！”他一路上放声叫嚷，有的人在睡梦中听见了，不当一回事，也有晨起磨豆腐、做烧饼的，对这奔跑的人有一瞥的记忆。“是个和尚。”他们事后追忆，“赤脚的和尚。”

他跑过宁静的大街后，没人再追究他是谁，后来又到哪儿去了。

巡更人已经敲过五鼓，他继续在街上缓缓走着，打了个大哈欠，看看天空昏昏的，黑夜的星辰有一种休息来临前的懒散。

他知道，下一次报时之后，他今天的工作便暂告一段落了。

当他走近东城草厂时，瞧见路上有个身影走路，微驼着背，隐约是个老者。巡更人有些眼花，他再走近了一些，看见那老者走进草厂，又走出草厂，颠簸不安地不住点头。

“长相像是土地爷。”巡更人事后回忆道。当时他不明白，草厂的土地公进进出出所为何事，后来他相信，王恭厂灾变正是原因。

异常之事继续扩大。

“然后，是火神庙。”正思说。

“什么是火神庙？”奥米加提出一个很难回答得令他们明白的问题，他们来自一个没有神、没有火神、更没有庙的时代。

“总之，”正思避轻就重，“我觉得那和后来的事件，有莫大的关联。”

初六的太阳早早露脸了，住在城外的乔老儿习惯早起，他喝了一碗粥，一碗他数十年来无一日间断的晨粥，人说这是养生方，年少时听些居士们说的。

喝粥毕，他骑上青驴，先慰问一句：“饱食乎？”青驴还没回答，他便驱驴上路，往京城前进。

一路上，他呼吸凉爽的晨雾，心旷神怡，听着夏蝉一只只醒来了，练习晨起未松的嗓子，乔老儿不禁也哼起小歌：“俏冤家，约定初更到，近黄昏，先备下酒共肴。”骑着唱着，青驴摇着屁股，荡入了京城。

不知不觉，乔老儿已唱到第五段：“匆匆地上床时，已是五更鸡唱，肩膀上咬一口，你实说留滞在何方。说不明，话不白，便天亮也休缠帐。梅香劝姐姐，莫负了有限的好风光，似这等闲是闲非也，待闲了和他讲。”乔老儿边唱边笑，笑那《挂枝儿》歌词的诙谐，笑那女郎思念情郎的心情，笑那婢女梅香深谙春宵一刻之价。

这种歌儿，他可是不在儿孙面前唱的，免得被他们叱为老不修。

进了城，看见路旁一小庵，兴头又起，便唱道：“和尚相打光打光，师姑相打扯胸膛，萤火虫相打争光起，四金刚相打争两廊。”

唱罢，眼看顺城门已在眼前了。

## 震声

太阳一旦露脸，便火速地升上地平线，迅速将空气煮热。

卯时（上午五至七时）末，早朝刚过不久，京官们纷纷回署办公，大部分重要的官署就在皇城以南出口一带。

天启皇帝下了朝，回到起居的内廷，徐徐来到乾清宫用早餐，身旁有数名内侍服侍着，随时小心注意皇帝的一举一动，生怕有一丁点儿会令皇帝不高兴的疏忽。

皇帝一边吃，一边想着待会儿要进行什么游乐，幸而朝政有魏忠贤帮忙，无须劳心。他忖着：“多亏有良臣魏忠贤，朕才无须费心，专心享人间帝皇乐事。”

刚才的早朝并不像往日是在大殿上的，大殿暂时因为工程而关闭，两三千名工人一大早已经在那儿工作了，他们攀上了高高的屋顶，修葺梁上的文采和装饰，大肆翻新。

单就大殿前的阶石，就不知费了几千帑金，还要从军费里头扣一些来帮助工程。天启皇帝不太关心辽东那儿的“奴酋”，一来因为努尔哈赤太遥远了，不比大殿来得近，二来，那些胡人岂会是堂堂中国的对手？

同一时刻，顺天府西城南区，宦官们工作地方之一的“王恭厂”，工匠们也已开始工作了。

前一日端午那位告假出城省亲的小宦官，一大早便匆匆忙忙赶进城，小跑步赶到王恭厂，心里有些慌，担心掌厂太监会责怪他，最坏的结果是被罚去“更鼓房”轮班，那里专门整死人，可不是他熬得过的地方。

刚到王恭厂附近，小宦官忽然止步，惊讶地看见王恭厂被团团兵马围了一圈又一圈，心里吓了一大跳：“发生什么事了？”

忽然念头一掠，他想起前些年，有个喝醉酒的宦官晚上在宫中走路，不巧挡了客氏之母的去路，两人争吵，第二天魏忠贤便将当晚夜行的宦官十多人痛打一番，再发配外地。他猛然不寒而栗，自忖有没有得罪什么人？还是有人诬告他私自出城？那可能会被治死的！

正胡思乱想，踌躇之间，只听厂内有人大喊：“来一个，缚一个！”呜呼！这可是全厂人都要送命的，若非皇上要捉人，便是魏总管闹脾气了。他不敢多想，赶忙回头就跑，直奔顺城门，心想逃回家里去，求个苟活性命。

众人好奇地回头看这位奔跑的宦官，见他跑得惶恐，想必是性命交关的事。

此时，一名三十岁上下的男子走进顺城门，一手拿着刚从外城菜市口买来的蓝纱褶摇摆，边走边想：“我的兄长当了官，我好不容易才来到京师，一定要他帮忙求个一官半职，才不枉生为男儿。”他思量着过去和现在所过的贫苦日子，又想到未来当官的好处和风光，忽然觉得眼前的行人个个都将叫他官大爷，不禁暗暗得意。

一个宦官忽然神色慌张跑过他身边，差点撞到他，他怔了怔，啐道：“俗人。”

走没多久，远远见到眼前来了六个人，是来京师这三天认识的，说不得将来是贵人，他于是堆起笑容，迎上前去，那六人也看见他了。

“是周季宇。”一人提示其他人说。

宦官奔跑到顺城门，刚刚出城，忽然整个人一晃，耳朵刹那朦胧了一会儿，声音似乎戛然消失了。不久，他才惊觉，是声音太大了，一波沉重的响声从背后冲来，他一个踉跄，一时整个地面震动了起来……

当时，已是辰时。

几乎同一时刻，顺天府境内有三座火神庙出现异象。

顺天府城以东二十四公里的张家湾，那里有座古旧的火神庙，多年来大门用大链大锁重重缚锁，那天忽然自动断裂，火神庙庙门大开。不久，隆隆的震声遥遥传来……

崇文门附近的火神庙，也发生从未发生的怪事。

火神忽然从神几上走了下来，庙祝看了，先是吓得说不出话来，忽然转念一想："端阳刚过，正是大热天，火神爷爷出来了，岂不……"

念头刚起，他便鼓起勇气冲上前，一把抱着火神的脚，哭着大呼道："火神老爷，外边天旱，切不可走动呀。"他脑子里涌现出全城大火的情境，心里一急，把火神抱得更紧了。

火神直愣愣地望着门外，不发一言，坚持要举脚走出门去，正在纠缠不清时，门外忽然一震，庙祝一惊，转头朝门外一看，什么也没看见，但刚才的震声已变成沉沉的低回声，震动着空气……

另一个火神庙位于鼓楼下大街，是正思和慧施拜访过的，它是城内最有规模的一座火神庙，因为它是由皇家管理的。

同一时刻，火神庙守门的内侍忽然听到怪声，像是音乐，又不像平常会听见的音乐，无论是乐器或旋律都是闻所未闻的。

不久音乐改变了，原本是粗犷的音乐，渐渐变成了比较细腻的乐音，慢慢又转回了粗糙，这样转换了三遍。

内侍们被这突来的音乐弄得不知所措，大家仔细聆听，发觉是打从庙里传出的。大殿的门还是合上的，谁会在里头呢？惊疑不已的内侍们推开大门，探头进去，企图寻找乐声的来源，却什么也没看见，只有这种怪异的乐声响遍了庙里。

当他们小心翼翼地踏入庙里时，忽然一个火红色小球从殿中慌慌张张地滚出，内侍们吓得侧身一躲，红球掠过他们之间，倏地腾空飞去，不知飞哪儿去了。

大家全傻了眼，追出去愣愣地观望天空，正狐疑自己刚刚瞧见了什么时，一股隆隆的震声已经遥遥响起，顷刻之间，变成排山倒海之势，响遍整个顺天府。

此时正好在火神庙附近，只不过一条大街外，北城察院正骑马来到衙门，正要进去，忽然觉得头上有些异样，他猛然抬头，立时吓得颠仆下马。

他头上半空居然有个神一般的人物，红色的冠，火红的头发在半空中飘着，手执像剑一样的武器，坐在一样奇特的事物上，事后他说：“祂乘坐的是麒麟。”那是他所能想到的最佳形容了。

接下来，他和当天顺天府方圆七十二公里境内的所有居民一样，听见打雷般的震声。

通政使司张政图也亲身体验到这场灾变的威力。当日辰时，他与同僚正要入署办公，只听一声天崩地裂的巨响，脚下一震，一时尘土如泼水般溅来，着火的木块从身边飞过，屋瓦像秋树落叶般纷纷坠落，房屋支撑不住，开始慢慢倾斜，梁柱也开始不支地发出挣扎的叽叽声。

张政图被这突如其来的变故吓得六神无主，倒是身边的手下人懂得逃命，猛拉了他逃走，走到空旷之地，才见滚动着的黑云，夹带烈焰直冲上天，四周房屋破裂、崩塌的声音不断传来。

他眼角瞥见有一人匆匆关上门，房子便马上塌下了。

他看见人们狂叫奔跑，西边一片凄叫，一群发狂的象穿过街道、踏过碎瓦，眼前整片景象宛如末日降临。

数分钟后，顺天府城四分之一全毁，空气中弥漫着焦肉味，原本晴朗的五月天，瞬间整个暗了下来，黑烟回荡在高空。

无论是发生后一分钟，或是一千多年后，都没人弄清楚发生了什么事。

## 异象

“这其中有许多需要解读的，”正思说，“记录中，有人看见神，看见麒麟，这些叙述都源自这个古民族的神话，这种意象已经成为他们根深蒂固的概念，我想要做的，是寻找在这些意象之下，他们究竟真正看见了什么。”

专心聆听的奥米加，有一人不停地点头，了然说道：“正如古人将飞机称为大鸟一样。”

“正是。”正思接着说，“另外要解读的，是一些奇异的现象，事件发生后，这个时空的统治者——皇帝要追究责任，当时的说法是火药爆炸，又有人怀疑是地震，因为事前事后附近连续发生了频繁的地震。”

“那我们还需要地震学家。”一名奥米加说。

“还有气象学家。”另一名接口道。

沙也加—83405761好奇追问：“是什么样的异象呢？”

正思喝了一口水，才继续说：“首先，是不应该出现在这个时代的东西，却有很多人目击到了……”

震声之后，京师忽然陷入一片静默，并不是因为人们全被吓得噤声了，也不是震声忽然停止了，而是人们的鼓膜在强震之下失去了作用，麻痹了好一会儿。

不久，洁净的天空慢慢变黑，仿如清水被滴入墨汁，狰狞的黑云从内城西南端爬上天空，一团一团涌上苍穹，吞噬蓝天。一颗颗不知是什么的东西抛上天空，拉出一条条烟尘的尾巴，在空中交织成杂乱的白缕，为冉冉上升的黑云铺上华丽背景。

黑云像高高在上的恶魔，越升越高，再往四方扩散，犹如天帝种下的巨树，在空中展开华盖，掩去炎阳，整个顺天府城顿时变成大阴天。

摔倒在地的乔老儿惊愕不已地望向天空，只瞧一朵巨大的黑灵芝，栽在半天。

刚才提过的周季宇没那么幸福，他没看见灵芝状的云。

当他见到迎面而来的六个人时，他堆起笑容，上前作揖，不偏不倚站上了一处命运中的位置，这个位置跟爆炸的震波配合得很好，当周季宇听见震声时，震波穿过狭小的胡同、街道，速率因此加大了好几倍，力量更强大了不知多少倍。

六个人看见周季宇，正举手要作揖，周季宇的笑脸忽然自他们眼前消失，只剩下一个身躯，两只抱拳的手还僵持在半空中。

六人吃惊一看，才看见周季宇的脸已经血肉模糊，整个头陷入墙中半寸，两个眼珠子黏在对门另一面墙上，正摇晃着要滚下墙来，旁边黏了一对眉毛，皱成八字，似乎还在困惑不已。

不远处，房屋一间间倒塌，只见一个个屋顶从视野中消失，空出了后方景色，但后方也没什么好看，只看见片片丑陋的、黑霉块般的烟云。

不仅如此，他们耳中也听见怪异的嘶喊声，还有一群重重的脚步声，接着眼前经过一批高大的动物，六人看得目瞪口呆，怎么会有这么多的象呢？事后他们才知道，他们附近的“象房”倾圮了。

此时，六人抬头，也看见黑灵芝了。

“基督纪年二十世纪初，人们初次看见这种云时，叫它‘蕈云’。”正思说。

“是那种……被禁止的武器吗？”那位奥米加似乎说到了什么禁忌的字眼，不由得偷瞥旁人一眼。

“没错，大毁灭之后就禁止了。”

破屋里又静了下来，大家寻思着，为何会出现一个不应该出现在这个时代的云。

端午之夜已然降临，他们点亮灯火，围着光源继续谈论，只有慧施躲在他们的影子里头。

“不一定是禁止的武器，”一名奥米加打破沉默，“任何强烈的爆炸……当然还要看爆炸的方式，只要内聚力够强，都可能产生这种形态的云。”

“那这是属于流体力学了。”

“我们还需要一个物理学家。”另一奥米加附和道。

正思皱起眉头：“你们在讨论些什么吗？”

“不，我们只是假设，需要哪些专家来解读这个事件，对吧？主任。”

沙也加—θ83405761微笑道：“你们很用功。”

奥米加们羞涩地垂首一笑，又说：“除了蕈云之外，还有什么异象吗？”

“有，”正思说，“或许你们还需要一名法医。”

爆炸的“效果”依距离而异，也因此可以从种种事实中推测爆炸中心点。

离中心点近的，比如粤西会馆路口有个学塾，震声之后，塾师和他的三十二名学生全都消失了。另一位消失的较有来头，是新上任的总兵，他骑了一匹上等良马，带了七名长班到圆洪寺街拜客，一声巨响之后，总兵本人、马和长班七人，便完全消失了踪迹，而后也没再出现过。

另外，承恩寺街有八肩女用轿子，震声之后，女客和轿夫全都不见了，只有被打坏的轿子瘫痪在街心。

事实上，这些人可能没消失，而是分别在散布于顺天府城四周的骨肉碎片之中，拼凑不起，也无法辨识。

当时一户姓项的人家，有家人目击家中一匹骏马腾空飞走。可能，这便是那些人“消失”的方式：强烈爆炸造成的上升气流，威力一如龙卷风。其时，灾变现场的火炉全都莫名地熄灭了，或许证明了这个假设。

当时死的人很多，有的是被倒塌的房屋压死的，比如一个叫潘云翼的郎中，家里一下便压死了十个小妾。

当时一个宦官刘若愚，在他后来写的《酌中志》说：泥土和树木压在屋瓦之上，杀死几千个能道出名姓的人，而全家惨死还有不知道姓名的，又不知有几千人也！

当时的《邸报》也说明了灾难范围：东自顺城门大街，北至刑部街，长三四里，周围十三里，全部化为齑粉，毁坏屋宇数万间，杀人二万余，尤其在王恭厂一带，破烂得最厉害，僵直的尸体叠在一起，尸臭冲天，举目望去，遍地废瓦碎砾，已经分不清道路和房屋了。

这些尸体大都有两项特征：肢体不全，还有一丝不挂。

所以除了神秘失踪之外，爆炸时的另一个异象，是衣服的失踪。

《碧血录》和《日下旧闻》都记载了这件事：有个女用轿子经过

圆洪寺街，一响之后，并不是像前述的总兵一般连人带马失踪，而是轿顶被掀去，然后轿中女客身上的衣服全部不见，变得赤身裸体坐在轿中，人却毫发未伤。《邸报》也提到一名长班，在震声中霎时帽子衣服全消失了。

名叫何廷枢的屯院也是房子崩倒了，他的小妾被人从瓦砾中救出，亦是一丝不挂。有个男子被压伤腿，卧在地上，也看见几十个裸体的女人匆匆经过，有的用瓦片遮住下体，有的用半条缠脚布掩住，还有身上披了半条褥子的，教那人看了又是疼痛又是可笑，这件事也像花边新闻一般记在《邸报》上。

这股抢衣的怪异力量，令人回想起将周季宇的头扯断的力量，不难联想那股巨大的冲力，是不是会将人的衣服用很高的速度撕裂，又可能是超高的风速造成瞬间的局部真空，将衣服吸走，然后不知刮到何方去了。

这些衣服还是有下落的。

从灾难区西北四十一公里之遥的西山传来消息，有许多红绸、丝衣等等的飘到西山，而且大多数挂在树梢上。同一方向三十六公里外的昌平县城，城内的教场中也堆了成堆的衣服，还有不少首饰、银钱、器皿。这个消息由户部张凤逵吩咐长班去查验，确认了它的真实性。

其他东西也有下落可寻。

灾区以东的长安街，从空中飞堕许多人头，或是一些有眉毛和鼻子的碎片，或是一片额头，像下雨一般纷纷落下。顺天府北墙的德胜门，则掉下许多人腿、人臂等较大的残肢。这其中可能包括了刚才那些神秘失踪的人。

灾区中有一条石驸马街，街上有个五千斤大石狮子，在震声中往南飞行将近一公里，飞出了顺城门外。顺天府东北六十公里的密云，也飞去了一条大木。

顺天府城方圆六十公里之内，都能听见震声，感觉到震动。

“两个异象。”正思伸出两指强调。

“事后呢？”沙也加—θ83405761两手捧腮，两眼圆睁，虽然夜色已深，仍是一点也不见疲态，“当时……不，这时的人，一定会去追查原因吧？”

“他们的统治者一定有兴趣知道的。”一名奥米加说。

正思留意到这位奥米加常常发言，他看了眼奥米加在衣服上的编号：ΩIII-1，知道他是这些第三代奥米加中的一号。

正思意味深长地说：“非常有兴趣。”

## 原因

五月初六日，午朝，惊魂未定的百官们来到皇城，一个个勉强让衣衫整齐，尤其住在京城西南一带的，更是掩不去的灰头土脸。发觉有些同僚没来，可能是受伤了，甚至恐怕是刚刚丧命了。

他们一个个惶恐万分，打听该在哪儿上朝才是。

“大殿要有一会儿用不上了，”负责的宦官说着，声音还在颤抖，“方……方才，一震，大殿工作的工人……有一两千人吧，通通摔成肉酱了。”言下之意，那个平日上朝用的大殿，现在满地死尸。

众百官面面相觑，害怕皇上要怪罪人，不知要怪罪到谁头上，害怕魏忠贤不知会栽罪给谁，借机铲除一两个异己。

为了弄清楚状态，他们央求宦官回答：“皇上龙体尚安？”

宦官一脸忧色，重重摇头，弄得一批官员更是急了。宦官要他们少安毋躁，才将刚才的情形娓娓道来。

原来，早朝过后，天启皇帝回到内廷的乾清宫用膳。乾清宫，等于是皇帝的起居室，称之“寝宫”，也是平日处理政务、大宴群臣，还有停放驾崩后的天子的地方。

皇帝吃早餐时，有几个内侍在一旁侍候。忽然整个乾清宫剧烈震动，皇帝吓得丢了匙筷，当下仓皇站起就跑，跑没多远，桌椅全被震翻。皇帝吓得像是犯了错而逃跑的孩子，几个内侍大概也受了突来的惊吓，来不及追随，只有一个近侍掖着皇帝一臂，急急奔出乾清宫，逃往交泰殿。

皇帝下意识奔向交泰殿的举动，令人费猜疑，他可能真正的目的地是交泰殿后面的坤宁宫，也就是他宠爱的女人们所住的地方。无论如何，逃往交泰殿的路上并不安全，地面在恐惧地发抖，四周的建筑都像驼背得弯了腰的老人，随时要倒的模样。

天空慢慢染乌，令人渴望那原本炎热的阳光，一阵呼啸声在刹那之中紧迫而来，只听一声闷叫，身边的内侍顿时倒地不起，红白相混的脑浆从洞开的头颅一堆堆流出，爬了一地的爱恨情欲和记忆，染上皇帝的鞋底。

事后追查，才发现打死内侍的，是远从南方两百二十五公尺外，“建极殿”屋顶上飞来的槛鸳瓦，当时只差几寸，便得提早改年号了。

受了如此大的惊吓，皇帝怎能不慌？他知道有地震，御案御椅翻覆了，皇城内的“东华门”塌了半边，连他自己都差点被打死，他相信这是历代皇帝最畏惧的“天谴”——他原以为只是读书人搞出来吓皇帝的把戏。

“天在责怪朕了！”

当日东暖阁的窗格震落了，有权势的大太监如魏忠贤、李永直等人的值房，也都有破坏。最令皇帝痛心的是，他宠爱的任贵妃去年才生下的皇三子，未满周岁，受惊过度，一病不愈，病了一个月才夭折，这是后话。

总之，天天忙着“临幸”嫔妃的他，最终还是绝后了。

震声停止后，皇帝马上命人查看发生了什么事、何处灾情最重，要他们马上巡视，火速回报。这或许是他一生中难得的一次积极。

众官听了，开始在心里计算，这种天大的事也不知是祸是福。

若是祸，天灾易躲、人祸难避。

若是福，这下重建半面内城，可是不少银子的源泉啊。

这时候，平常负责朝会之前收取奏章的张政图可忙了，百官们希望能在午朝前将慰问皇上的奏折交给他，谁越早表示关心的，越能增加政治资本，张政图烦不胜烦，委婉地说：“诸位该知道，这奏章前一日送来，还要编号、归档，不可如此随便，诸位莫教张某难做。”

谁都知道，奏折要经过魏忠贤过目，扣下不利的奏章后，才会送到皇帝眼前的，魏忠贤甚至曾在大殿上公然批改奏折，谁人敢不畏？

不过张政图更挂心的是，那个“天下城隍在此造册”的传闻，还有灾变后陆续传来的消息……包括昨晚都城隍庙的点名声。此时他脑中还响起了那疯和尚的话：“很多人会死！”

他想起方才的剧震，冲天的乌云到现在还没化开散去，一遍又一遍，惨叫呼号从四面八方传来。那种震撼的感觉，至今还遗留在肌肉中，他怀疑在他余生会不会去掉。

不知沉香怎么样了？派回家查看的家人，怎还没回报呢？

终于，消息来了，巡城御史来报，罪魁祸首是王恭厂，那里火药爆炸，造成全城大灾难。王恭厂在城西，所以由西城御史李灿然报告情况。

“查报据奏，王恭厂之变时，地底发出声音，犹如不停在打雷，火药自焚，烟尘障空，椽尾飘地，白昼晦暝，西北一带相连四五里范围内的房舍全部粉碎，房屋崩塌一万九百三十余间，压死男妇五百三十七名。当时厂中制作火药的匠役三十多人，全被烧死，只有一个吴二存活。”

这吴二也是个净身过的阉人，掌道御史王业浩向皇帝转述吴二的说法：“吴二说，他是厂中撮药人役，当时只见一道焚风，风中有烈火，顿时将满厂火药烧发，同作三十余人全被烧死。”

诡异的是，王恭厂内二十多株树木全部连根拔起，仆倒在地，却一点也没被烧毁，厂中留下一个大坑，坑深数丈、裂开十三丈，其余库中兵器全部完好如故。

众官听了，没人看出其中的不合理，一个个只在暗自称庆，心喜出事的是宦官，错也当然在宦官。

可是还是有人把错误从宦官身上转开，吏科都给事中杨所修、掌道御史王业浩等人搞了个联合上奏，慰问皇上，然后说：“下官怀疑有奸细，故意引燃火药，应该严防、密查、暗中逮捕，并抚恤灾户。”

于是接下来几天，各个势力之间便来了个奏折战，互相陈述对王恭厂火药爆炸事件的意见，不外乎是上天示警。总之责任在老天爷，推个不清不楚，方便极了。

可是大学士顾秉谦等人又联合上疏，说这不仅是上天示警，还是警告朝中有奸人犯乱："天属阳，地属阴，又王恭厂在西南方属'坤'方，现下正是仲夏，理应是阳气最盛的月份，却有声音从地底传出，有灾难在阴位发生，这表示了阴气残害阳气，刑罚残害德行之象，所以皇上应该暂时停止刑罚，查明各衙门重大狱情。"没想到他话锋一转，将"阴"转上了"刑"。

发生这种事，一定得请来钦天监，他们是皇家天文官兼史官，他们日观候，夜观星，对上天在天地间的暗示有一套研究，这种征兆自少不了他们的解读。

于是，耿直的钦天监说："五月初六日巳时观察到的征候，有地鸣如霹雳之声，声音从东北艮位上来，传至西南方，又有云气障天，良久未散……由这征候所得，古书上有占辞曰：地鸣，表示天下起兵相攻，妇寺大乱。又曰：地中汹汹有声，表示凶象，发出声音之地会有灾殃，而地中有声混混，其邑必亡。"

魏忠贤的反应最快："好大胆子！妖言惑众！竟敢说亡国之言？来人！重打一百下！"

魏忠贤心里很清楚，钦天贤所说的"妇寺"，是指女侍，但自从宋朝朱熹以后，便用来指他们这些宦官了，这钦天监如此大胆，说地下发出声音是妇寺作乱，岂不是公然向他挑衅？

一百下打完后，一具软趴趴的尸体被拖了出去。

## 遗忘

一名奥米加点头道："所以说，那只不过是地震，还伴随着不明原因的火药爆炸。"

"不对，"另一名奥米加说，"我很怀疑，这个时代的火药有多大威力，会造成这种效果。"正思注意到他是一号。

"爆炸造成的强风将衣服夺走、将火炉弄熄，显然是一种瞬时真空。"

"现场有玻璃结晶吗？"沙也加—θ83405761忽然问道。

"为什么？"正思一时不明白，"我不记得有玻璃，你不也读过我的资料？"

沙也加—θ83405761摇头："还是有很多弄不懂的字，有些文法的形式很怪异……不过似乎没提到玻璃结晶。"

"玻璃结晶有什么意义吗？"正思问。

"以往'禁止的武器'使用过后，瞬间高温会使沙土中的硅化物变成玻璃样的东西，所以……"

正思微笑着摇头："这个时代没有这种武器。"

"或许我们还需要辐射测量计。"一名奥米加截道。奥米加一号先点头，然后其余的奥米加看到了，也纷纷点头。

正思心里扬起一阵纳闷，觉得越来越不对劲，他试着改变话题："我离开之后，时间旅行似乎有了很大进步，你们已经可以将其他实体的东西带来了。"

“没错，”奥米加一号颇为自豪地说，“这个进展在第二代便成功了，全是因为我们了解了古代东方文明发明的一套方法。”

“东方文明？你是指？”

奥米加一号一副随意的样子：“印度……中国……远古以来就有人用系统的方法开发自己，对他们而言，产生我们的能力，只不过是自我提升过程中的一个初步而已。”

正思没十分接触过这方面的数据，不是很清楚，于是听奥米加一号说下去。

“后来找到一份报告，我们才知道，在后神话时期的中古时代，古中国有人对他们祖先的这种训练，做了广泛的研究和实验，发现可以用脑波图来作为超能力参数，但接着的更重大发现，引起物理界的革命。”

奥米加一号快乐地说：“长久以来，物理之谜被解决了，夸克、超弦、十次元、二十六次元，全被解答了！”

正思被搞迷糊了：“你到底在说什么？”他也望了眼沙也加—θ83405761，发觉沙也加比他还要困惑。

“θ81402028，可敬的θ81402028，您不明白的，他可能明白呀。”奥米加一号忽然笑得看起来很危险。

正思朝奥米加一号的视线一看，看见他忽略了的慧施，正盘腿坐在一旁，脸色祥和，整个人仿佛睡着了一般，而且睡得很舒服，叫人看了说不出的羡慕。

“二号，”奥米加一号说，“那人的精神正处于开放状态，你向他‘流出’吧。”

“等等，一号！”沙也加—θ83405761大吃一惊。

奥米加二号点了个头，马上半合上眼，眼白微露，整个人快速沉入和慧施一样的状况。

沙也加一θ83405761站起来大喊："等一等！你们不听主任命令了吗？"

慧施忽然睁开眼睛，瞳孔刹那收缩成小孔，口中发出惨叫。在电光石火之间，奥米加二号已经将刚才听来的灾难景象，一古脑儿塞入他的脑中，现在他看见的、听见的，全是几个小时后会发生的惨状。

慧施发疯似的高喊，手脚乱挥，沙也加一θ83405761慌忙冲向奥米加二号，大嚷："二号你想做什么？"

"三号！"奥米加一号完全不理会沙也加一θ83405761，"你也准备好！"

"一号！"沙也加一θ83405761手上已经多了一把枪，她的手没有半点抖动，显然她很熟悉那把枪，"你清楚告诉我，你到底想干什么？"

奥米加一号一点也不意外："主任，你早该知道，奥米加三代是绝对效忠地球联邦的。"

正思也一时没了主意，他很明白，他只不过是个历史研究员，沉迷于大批历史资料的分析，而不是一个行动派。

慧施不停地在哀号，奥米加二号依然一脸宁静地冥思，强将一大块一大块的恐怖注入慧施脑中。

沙也加一θ83405761的枪已经上膛，地球联邦只有特殊阶级的人能有枪，沙也加想必在这十九年之中达到了很高的地位。

奥米加一号的表情像在嘲笑，明白地向沙也加一θ83405761表示，他会是几分钟后的胜利者。他继续发号施令："三号，对准

θ 81402028。”

正思一栗，不敢相信前一刻向他表示无限崇拜的人，现在准备要杀他。

沙也加—θ 83405761开始紧张了：“一号，不行，他是我们的宝藏。”

“是‘你’的宝藏，”奥米加一号说，“况且一切都搞清楚了，我们知道θ 81402028的目的了，可以回去向第一主席报告了，这种‘纯种’，你会觉得可惜吗？”

沙也加—θ 83405761咬牙说：“我还一直以为，你们是属于‘反联邦’的……”

“你说那批乌合之众吗？”奥米加一号轻蔑一笑，“我们回去会处理的。”他深吸一口气，似乎一切都解决了，放轻松下来：“总之，任务已经完成了。”

沙也加—θ 83405761开枪了。

但没有枪声、没有硝烟、没有子弹，甚至连扳机也不会动。

惊惶不已的沙也加—θ 83405761不明白哪里出了错，反复查看手上的枪，恐慌的眼神直瞪奥米加一号。

奥米加一号一脸悠然，淡然说道：“我们所记忆的以及加以解释的梦本身，就受到那不可信赖的记忆所截割，它对梦印象的保留是特别无能，且常将最重要的部分忘却。”

正思听了，嘀咕道：“弗洛伊德，《梦的解析》。”

奥米加一号很高兴：“嘿，你知道出处。”

“我忘却了什么？”沙也加—θ 83405761充满警惕地问。

奥米加一号怜悯地望着沙也加—θ 83405761：“你也发觉

了，对不对？”他假惺惺地叹口气，说：“主任，你忘掉了最重要的部分。”

外头传来更夫凄厉的喊声：“天干物燥，小心回禄！”说着，敲了敲手上更鼓，“交五鼓！”

慧施一声喊，发狂似的冲了出去，边喊边跑，一会儿便不知跑哪去了，只听他的惨叫声在宁静的东城回荡着：“出来！出来！大家快出来呀！”

一时，城外的鬼车鸟也啼声大作。

“我忘了什么？”沙也加一θ83405761再问一次。

奥米加一号告诉她了，清楚明白。

“你忘记了，你不是沙也加一θ83405761。”

第八章

/

# 既济未济

道常无为，而无不为。

——《老子》

## 报告

“辛苦了。”第一主席S—α999赞许地说。

他已近老年，身体不若以往健壮，但语气依然如昔深藏不露，渺小的眼神还是令人猜不透他的想法。

他要奥米加一号亲自向他报告，他甚至不让十二人席会的其他主席们知道，奥米加三代执行过任务，而且回来了。他两手反剪在后，期待着一号的报告。

“是，谢谢第一主席。”奥米加一号恭敬回答，“θ81402028的确逃到了那个时间、那个空间，事实上，我们还比他早了二旬抵达，沙也加—θ83405761的结论是正确的，也符合第一主席的猜测。”

“啊，那不是猜测，那是计算。”

“计算？第一主席。”

虽然奥米加一号问了，但他不想回答，而且也不能回答。

“说吧，那个时空有什么值得注意的事，使θ81402028要逃往过去？”

奥米加一号将θ81402028的叙述再说了一遍，然后说："他极度崇古，尤其崇拜他的祖民族，他要寻找原因，这就是他回到那里的目的。"

第一主席S—α999扬起眉头："他没企图干涉吗？"

"属下看不出他有改变历史的意图，他也没这种能力，他纯粹是个历史研究员书呆子。"

"一个狂热分子，即使没有直接干涉，只要他有这个念头，无意识中便会做出干涉的举止。"第一主席S—α999忽然一脸阴沉，"何况，只要他仍在那个时空，便已经造成对历史的干扰了。"

"是，纯粹的观察也会改成干扰，属下明白。"奥米加一号深深了解"海森堡测不准定理"的含义。

"告诉我，你是如何了结这个任务的吧。"

"属下告诉生化人橘色00，他不是沙也加—θ83405761……"

第一主席S—α999截道："唔，你用了'他'？"

"生化人是不该具有性别的，甚至不能算是人。"奥米加一号对于还要对用字加以说明，感到受了羞辱。

但S—α999很满意，因为奥米加一号的反应，正好说明了他在思想上果然与十二人席会契合："那么，橘色00有什么反应呢？"

"她很错愕，不敢相信，"接下来，奥米加一号撒了谎，"我们不敢多等，马上中止了他的活动。"

"带回来了？"

"完整无缺。"

"很好，橘色00会被送去消除记忆、再改造、重新编号。"第一主席S—α999哼了口气，他准备听下一个答案，"那么，

θ 81402028呢？”

“多亏第一主席提供信号增幅器的频率，我吩咐三号对准频率，θ 81402028脑中的信号增幅器立刻抑制他的神经中枢，顷刻之间，将他带入死亡。”

“确定死亡了吗？”

“生命迹象停止，瞳孔放大，体温下降，属下再等了一个小时，尸体已经发生僵直了……”

“可是你没把他带回来。”他需要确认。

“属下也没把六号带回来。”奥米加一号所指的只是奥米加六号的头，生化身体还是带回来了。“属下判断，将死尸带回来还是要毁灭，不仅耗费更多奥米加的能力，不具经济效益，还会影响时间旅行的安全性，所以将他们留下了。”

“后来呢？你有继续留下来，观看灾难吗？”

“有。”

第一主席觉得奥米加一号的回答隐含着哀伤，难道他会为古文明的悲剧动容吗？还是他隐瞒了些什么？

“你认为，那场灾难足以造成古文明的崩溃吗？”

“不，不足以，”奥米加一号颇有深意地回道，“但，第一主席的说法，那是可能的。”

“怎么说呢？”

“属下要求再出任务，好确认灾难的原因，这一次，我们需要地震学家、物理学家、法医学家、史学家……”

听完他的要求后，第一主席沉默了半晌，才说：“讨论之后，我会回答你的。”

## 中阴

他知道他快死了，或者是马不停蹄地奔向黄泉之路了，濒死的人总是知道自己要死的，在古老的传说中，人在死亡以前，已经有一部分率先脱离身体，而死亡的那一刻降临时，即是开始了冗长的等待。

他知道他快死了只因为他知道，无须任何推理、判断和知识。

生前的种种，杂乱无章、不按顺序地在眼前扫过，犹如由疯子剪接的预告片，并不成剧情。

他忆起死前的那一小段时间，沙也加一θ83405761一脸惊慌失措，几乎在呢喃似的嘟哝着："我是沙也加！我真的是沙也加！"她转头问奥米加一号："如果我不是沙也加，我怎么会不记得呢？"

奥米加一号提醒她："在你脑中的记忆，你当过历史研究员，那你应该了解，人的记忆和历史一样，记下来的总是比没记下来的少，少得太多了。"

终于，她接受了事实，凝视着正思，惶恐的眼神变得无限悲哀："无论如何，过去十九年的回忆，即使对我而言不曾真实地存在，也不会是假的。"她坚定地告诉他："我依然爱你。"

"我也是，沙也加。"正思告诉她。

然后沙也加一θ83405761像忽然断了线的傀儡，松垮垮地仆了下来，完全瘫痪在地上，最后的一丝生命迹象，是从她眼角滑下的一滴泪。

然后，他惶恐地看向奥米加一号，只听一号说："三号，流出！”刹那，脑中仿如冲入洪水似的牛奶，一片混浊。

记忆的残片飞快跳动，他看见父亲，一如往昔，将嘴唇尽量靠近他的耳朵，挑战埋藏在房子四周的监听器：“将人分门别类不是谁，而是人本身，他们用视觉上最抢眼的特征来分类，然后武断说什么人是比较优良的。”

婆罗门一α51的大胡子刺到他幼嫩的脸庞，他没躲，他必须维持在监听器的有效范围之外：“儿子，你知道古印度的‘种姓’是什么吗？古梵语是varna，便是‘颜色’！人类用肤色来判断同类，已经有几千年了！”

有无数个夜晚，父子俩如此靠得很近地长谈，婆罗门一α51的声音，强烈地烙在脑中，但已分不清哪一句是哪个时候说的了：“中古欧洲人认为非白种人都是野蛮人，古基督宗教认为不认识他们的神的人都是需要救赎的野蛮人……”

“不，我不是‘大融合’计划的反对者，我十分赞同大融合，可是人种统一，只剩下‘地球民族’之后，这个民族应该是什么肤色的呢？你能将黑色和白色混成灰色吗？黄色和红色混成橙色吗？”

“中古时代，工业革命使欧洲称霸世界，白种人优越感一步步扩大，到第二次世界大战纳粹主张亚利安人种最优越，优越论达到极致，虽然人类考古推测人类源自非洲，人类本来是黑皮肤的，但欧洲人的内心不愿妥协，他们将他们崇信的中东之神描绘成白皮肤的……”

肤色，不过是DNA影响皮下黑色素的多少，却在历史中扮演如斯重要的角色。θ81402028曾这么想着。

他忆起初次与地球联邦统治者会面，他讶异十二人席会竟有十一人是白人，这种情形下主导的“大融合”会是怎么融合呢？或该说是“同化”呢？还是一种高科技的不流血灭种行动呢？

历史曾经遭遇过无数的篡改，如果大融合完成了，以后的历史，又会剩下多少真相，将来的人们，还能知道多少历史呢？

婆罗门—α51的声音又响起了：“历史有其必然趋势，今日的历史会走到这个地步，原因早在中古时代便埋下了。”

“记住这个名词：玛利亚。”

脑浆像煮沸了般在翻腾，正思的思绪变得一片纷乱，像在暴风雨的巨浪中翻滚，但不会恶心想呕吐，只觉得充满了沉重的郁卒与孤独。

五官模糊了，四肢似乎离开了身体，他试试呼吸，却一点也使不上力，犹如他原本就无须呼吸似的。是的，他本来就无须呼吸，当他是个胚胎时，他不呼吸，当他浸在地球人口研究中心的胚胎室里头时，他不呼吸，奥米加也不呼吸，因为他们没有肺脏，细菌也不呼吸。

他是从何时开始呼吸的呢？从诞生开始，从他自人工胎盘分离开始，他脱离人工羊水，他大哭，萎缩的肺脏于焉张开，消化道开始运作，五官启动，元气顿失，天生的知觉受到世俗凡尘沾染，日渐蒙尘，仿如牙结石，越积越多，最后不但除不去，还构成内在的破坏。

渐渐地，意识也变迷糊了，父亲的话不重要了，沙也加不重要了，历史不重要了，如果死亡已经降临，还有什么是重要的呢？

死亡是艰难的开始。

四大开始崩解。

人是土造的，不论是古中国的女娲、古希伯来人的耶和华或是古埃及人说人是从上一个毁灭后世界的泥土中萌出的，人都是土造的，所以四大之崩解，由土开始。

土，是为“地大”，地大往内凝聚收缩，虽然触觉消失了，正思依然觉得每一个毛孔都被施加压力，直迫内脏、刺透血管、穿入骨髓，浑身肌肉痉挛，“水大”开始崩解。

刹那，全身温度急速褪去，宛如宇宙将亡，所有能量已消耗至尽，血液开始冻结，衰亡的宇宙不断收缩，分子碎裂成电浆，电浆瓦解成夸克，最终崩坠成一个比指尖还细微、比地狱还热上亿万倍的小点，于是“火大”开始崩解。

正思觉得很热很热，但这种不是五月炎夏的热，不是五官所能感觉到的热，是一种从体内生出的剧热，他无法动弹，只能被燃烧、被燃烧，他骤然想起将要发生的灾难，一时以为自己正身处于这场灾难之中，正被烈焰焚烧。

火是宁静的，只会安静地窃窃私语，商量着要烧去哪一个器官。

火戛然而灭，然后“风大”开始崩解，风渐强，刹那狂风四刮，已经崩解得松软软的身体开始不安地抖动，皮肤被一片片吹走，肌肉被一丝丝拉开，器脏滚出，挣扎着不愿离去，关节分离了，骨头在狂风中犹豫地颤抖，正思忽然觉得一片祥和，等待着消逝，等待风将自己吹拂四散，回归四野。

四大已经全部解散，接下来呢？还有什么？

是古北美原住民所相信的，他将与祖灵们在一起吗？他体内的基因，会是源自哪一个祖先呢？会与这个时代的哪一个人有关联呢？或许这些祖先并不重要，毕竟他们只是整个人类演化中的一个微小个体罢了，也与他没有直接的血缘，因为他是一个重新组合过的人类。

或者，是会像古埃及人所说，死亡之境会有一个神，拿着秤子秤你的心，若你是个缺德的灵魂，空气之神——“苏”——天、地两位双生子之父，会将这充满罪恶的灵魂屠杀。

这使他想起了一个人，苏一η99907，一名女性历史研究员，她只不过较正思年纪稍长，正确而言，是比他前一代。她沉默寡言，但对每个人都会露出无比和蔼的笑容，在历史研究院的书蠹味中，仿如一阵清香，每当她经过正思面前，正思总免不了瞧她一眼。

胡思乱想间，苏一η99907骤然出现在眼前，咧开大口，吞噬一个怦怦跳动的心脏，咬出一口混浊的静脉血：“θ81402028，赞美‘拉’的光辉。”

他忽然感觉到心跳，久违了的心跳。

心跳强烈撞击着胸口，他感到一只强大的手掌朝他伸过来，安抚他的肩膀，然后那手忽然猛拉他一把，四方混沌倏地退去，刺眼的强光急涌上来。

他深吸一大口气，身体的机能忽然恢复，恐惧刹那由四面八方汹涌而来，在胸口一阵疼痛之中，他醒来了。

他一骨碌坐起，瞳孔因过度收缩而绷紧不适，他大口大口喘息，补充消耗过多的空气，不祥的感觉沉重地飘游四周，破屋的空气依然带有忧郁的霉味，屋顶的破洞依稀溅入些许阳光，让屋中稍添生气。

他没死！

他猛然一惊，转头发现身边不远坐了一个男人，男人盘腿趺坐在地上，眼帘半合，不发出一点声音，似乎连呼吸也停止了。他穿了一身褴褛的僧袍，光秃秃的头上烧了九个戒疤，满腮杂乱的鬓须，看得出他很久没有打理自己了。

这时候，正思才发觉整个屋宇都在震动，屋梁上的鸟儿慌张地拍动翅膀，梁柱上堆积经年的尘埃正如淫雨般落下，屋顶破洞里唯一的一小片天空骤然晦暗，连空气也哆嗦了起来。

他大惊："难道是……"在无意识中，他用的是此生中使用得最久的联邦语。

"是的，"身边的男子开口道，"灾变开始了。"

正思听见了，那男子用的也是联邦语。

"你是谁？"

屋里的一角飞起一团苍蝇，他才闻到奥米加六号的头颅散发的腐败。

"沙也加去了哪里？"他愤怒地问。

"你发怒了吗？"那人静静地问他。

巨大的震声冲荡过来，破屋的梁柱受不了折磨，稍稍倾斜了一些。

"我愤怒，我从未如此愤怒，"正思颤抖着大嚷，意图盖过外面的震声，"当他们逮捕我，让我进行随时会死的时间旅行实验时，我没生气，我只是无奈，因为我是纯种，毁灭本来就是我的命运！当他们利用伪装的沙也加来骗取我的数据时，我没生气，因为我愚蠢，愚蠢地轻易相信了他们！"

他怒吼："但我愤怒，因为我的愚蠢，我救不了这个悲剧，我阻止不了这个可能导致古文明崩溃的事件！"

"它并不是在这个时刻消失的。"

"你怎么知道？"

"你会知道的。"那男人说，"而且，阻止古文明消失，并不能阻止地球联邦的诞生。”

“你……怎么知道？”那人冷静的声音有一种感染力，外头汹涌的震声丝毫影响不了他的冷静，使正思也在不知不觉中信赖起他来。

“因为你来了。”那男人说，“如果古文明不消失，地球联邦可能不会诞生，或是不会如期诞生，你便也不可能出现，要是你不出现，你便不可能现在、当下会在我面前。”

天空完全黑暗了，太阳已经灰头土脸地躲到乌云之后，破屋也坠入了黑夜般的阴晦，只有隆隆的震声提醒外面正在发生的事。

“历史，对你而言，是过去发生的事实，这个事实现在正在发生，要是它不发生，你也不会来，所以它一定会发生。”那男人加重了语气，“这便是因果。”

“那我在这个历史之中，到底扮演了什么角色？”

“你在完成历史。”

“我……不懂。”正思完全迷糊了，“历史不能改变吗？”

“当然能。”男人突然放低了声音，“但要改变历史，必须要了解因果。因为你不了解，所以你完成了历史。”

“我还是不明白。”

“由于你完成了历史，所以顺天府才爆炸了。”

刹那，他讶然说道：“是我造成这场……”

“是的，”那男人说，“请愤怒吧。事情最糟莫过于此，你极力想阻止的事，结果是因为你才会发生的，请愤怒吧。愤怒不是解决的办法，犹如口渴的人拿毒酒来喝一般，不仅错误而且更糟，但请愤怒吧，因为愤怒，往后更长远的路，你才有勇气走下去。”

正思无法冷静，他体内的怒气正迅速膨胀中：“你到底是谁？”

“你认识我很久了。”那男人终于睁眼，用一双忧伤的蓝眼睛凝视他。

## 始末

七位奥米加三代收拾好要带回去的东西之后，再在破屋巡视了一遍。

对于原本就要牺牲的六号，他们一点也不惋惜，多亏他，他们才能顺利取得信任，完成任务。现在，他们要将奥米加六号和θ81402028留在这儿了。

“确认六号死亡。”一名奥米加完成检查。

“确认θ81402028死亡。”另一名奥米加也检查完了。

奥米加一号看着两具尸体，叹了口气，心想要是时间旅行技术能更精进，他们便能把尸体也带回去，任务就更加完美了。

“走吧。”他说。一行七人鱼贯走出破屋，感受到清晨的凉风迎面拂来，天空已经泛白，云层稀落，依稀有些星星仍逗留在高空之上。

“气象预报，今日天气晴朗。”一名奥米加说。

“你被解雇了。”

“好，我更正，”他打趣说，“今日天气‘本来’晴朗。”

众人嬉笑一番后，奥米加一号说：“来吧，让咱们来观察，到底这件事有多壮观吧。”

他们往北一路走去，清晨的街上已经有不少人走动，纷纷对他们的奇装异服行注目礼。他们不想引人注意，赶忙找了个很高的建筑物，意图登上屋顶，寻找最佳视点。

“上去吧。”一声令下，七名奥米加同时自地面上消失，再出现在高高的屋顶上，这种移动技术不存在太大困难，因为平常时间旅行便是同时进行时间和空间的移动的，对高等次元的超空间而言，这没有什么差别。

他们稳坐在屋顶上，细心观察每一个方向，只见顺天府的屋宇鳞次栉比，看似杂乱却隐然有一种次序，只是人太多、屋太多了，与他们的时代相比，这种拥挤的生活实在是一种酷刑，所幸他们只不过来一阵子而已。

太阳越爬越高，屋顶上已经颇为炎热了，屋瓦正逐渐加温，只是还没到烫手的程度。

“一号，你看。”

“有状况了？”

远远的西边，皇城之北的火神庙那里，忽然飞起一个红色的物体，奥米加一号赶忙拿起望远镜，一看之下，也不禁愣住了：“是个人。”那红色物体飞到城北上空，逗留了一阵。

这时候，震动开始了，七名奥米加固定好身体以免掉下去，他们凝神注视从西北到西南的扇形范围，从空气的骚动可以感觉到震声正徐徐移动中，在京师地底隆隆前进着。

“很熟悉的感觉。”一名奥米加喃喃说。

“是的，”其他人应和道，“咱们都曾经历过，不是吗？”

京师上空出现了更多红色飞行物，它们向八方散开，从高空包围皇城，奥米加一号粗略地数了数：“八艘……”

“真有意思的数目。”

可是八艘红色飞行物似乎有些不稳定，有一艘总是在不安地颤动着，奥米加一号用望远镜看清楚了：“上面那个人，似乎……”

他们于是沉默不语，一种深沉的无力感从心底涌现，他们感受到命运的威力，一种人类之力无法抵抗的力量，自古以来，有人称之为“宿命”。

那艘不稳定的红色飞行物忽然偏斜，失控冲向西南方，其余七艘的队形刹那大乱，全部往京师西南角冲去，在这瞬间，半空中忽然出现一个黑漆漆的洞，一个深不见底、浮现在空中的洞。

洞中什么也没有，或什么都有。

它是虚无，是真正的真空，是过去未来的一切，是宿命也是彼岸。

那洞急速扩大，在一切还没弄清楚之前，一股重低音响起，回荡在整个顺天府，空气顿时变得铅块般沉重，所有人的鼓膜暂时失去了作用，强烈的冲击波在一呼吸之间窜过大街和胡同，摧毁任何阻挡它的物体。

七名奥米加三代看得目瞪口呆，他们看着一块乌云从城中升起，高高拉上天空，成为一朵丑恶的蘑菇，更多黑烟朝四面八方扩散，屋宇如骨牌般一一崩塌，从高处遥望，很是壮丽。

“不能再留了。”奥米加一号说。

其他奥米加一致同意，于是他们离开这个时空。

回到地球联邦10572年，由奥米加一号向第一主席报告经过，然后七人再将身上的录音数据输入TT中心的总计算机，交去分析，他们不过问由谁在分析，也不理会分析结果，他们只希望在任务结束后，卸下累赘的生化身体，回到玻璃柱去，舒服地浸泡在维生液体里头。

但有一团阴影，一直无法自他们脑中抹去。

那是他们在一千多年前看见的，红色飞行物上的人，从那些人僵硬的举止来看，那些是他们很熟悉看见的姿态，因为那种动作已经是一种特征了。

一种奥米加的特征。

听取完报告的第一主席S—α999，首先召见了TT任务中心主任："第四代奥米加的进度？"

沙也加—θ83405761报告说："半旬之后，准备头和身体的分割手术。"

"甚好。"

沙也加—θ83405761注意到，第一主席的眼光与往日有异，她不明白原因，也不想过问。报告完后，她默默地回办公室，开始冗长的发呆，延续十九年未曾放弃的思念。

第一主席S—α999接着参与十二人席会的会议，裁决地球上各角落的大小事务后，天色已黯，是回家休息的时候了。

他已经老迈，但内心仍燃烧着雄心之火，他计划了许久，但他非常小心，不会从表情或私下的喃喃自语中透露出他的意图，即使是在睡梦中，他也会固定自己的下巴，避免梦呓泄露了他的心思。

因为他比任何人都清楚，监听器无所不在，即使是贵为第一主席也免不了被监听，更何况这些监听内容的分析者，就正在他住处下方深深的地底中。

这位伟大的分析者建立地球联邦、订立法律、决定联邦发展的方向，她是一切，她是人类之母，也是操生杀之权的母亲，她无所不在，却又神秘得只允许很少人得知她的存在。

抱着敬畏之心，第一主席S—α999一步接一步地谨慎走下阶梯，走向这他不知来回过多少遍的地底。他谨慎，因为他是唯一能有自由会见玛利亚权利的人，他是联邦的副舵手，他不能因为一个荒唐的失足而动摇联邦的未来。

地底几乎是没有声音的，地底向来是万物归属之处，而他现在处于比任何远古陵墓更深的地底，与地面上的一切隔离，只有清冷的空气和宁静陪伴他。

"敬爱的玛利亚，我来了。"他一如往常，来到黑暗大堂的入口。

说是入口，却是连他也不能踏入的一个门口，他只能恭恭敬敬地站在门外。

"S—α999吗？"玛利亚的声音从来都是那么慈祥，"你有什么要向我报告的？"

"奥米加三代回来了，设定成沙也加—θ83405761的生化人橘色00也一并带回来了。"

"这些我全都知道了，奥米加们向我报告过了。"

"是，敬爱的玛利亚，我们只知道当时发生了一场灾难，但我还是不明白它是怎么发生的，我想我们有必要派遣更多相关专家，来探明真相。"

"这没有必要，"玛利亚说，"我已经计算出原因了。"

第一主席S—α999一怔："是地震引起的爆炸吗？"

"不，不尽然，"玛利亚卖个关子，"奥米加们早就知道了，他们亲眼见到出现在当地空中的不明飞行物，也认出了飞行物上的驾驶员，甚至看见空中打开了时空的裂口，只是他们没说出来，所以录音数据并没直接听到，但是……人类就是如此悲哀，无论如何都隐藏不去心里所想的秘密，无论如何都会从言语中透露出想法。”

第一主席S—α999心虚地说：“那么，伟大的玛利亚，您发现的原因是？”

“那些人也是奥米加。”

“奥米加？可是我们从未执行过此类任务。”

“他们是未来的奥米加，”玛利亚的语气一点也不讶异，也不得意，“另一代奥米加。”

第一主席S—α999一时无法接受：“未来？我们难道要改变历史吗？”

“说到改变历史，”玛利亚说，“你还不知道，历史研究院院长，亦即首席‘查史者’菲立普—γ49刚刚自杀了，清除队已经出发。”

第一主席S—α999并不意外，菲立普—γ49受了这么多年的精神煎熬，早该自杀了：“啊，您打算由苏—η99907接替院长吗？”

苏—η99907在历史研究院多年，负责监控研究院，更重要的是，负责清除被消灭的人的数据，是鲜少人知道的“影子院长”。这些年来，她早已从研究员升任为“查史者”，在地球联邦的地位日渐吃重。

“不，对于她，我另有安排。”玛利亚又卖了个关子，“先谈谈你的事吧。”

第一主席S—α999忽然感到畏缩，似乎是被妈妈逮到恶作剧的孩子般：“我？”

"最初，我选你担任第一主席，是有原因的，因为你是第一代从胚胎室培养的人类中，编号第999的胚胎。"

就这么简单？他不禁纳闷，也不禁有受辱的感觉："伟大的玛利亚，我从来没想过这个问题，我从不敢质疑您的决定。"

玛利亚继续说："999，是一个神圣的数目，它代表'三位一体'的存在，所以我要试试看，你是否适合担当这个职位。"

这下第一主席S—α999可是吃惊不小，因为玛利亚忽然说出了好些禁忌的字眼，而这些禁止宗教、神话、传说的法律，是由玛利亚定下的。

"可是，当你为自己命名时，你取了一个S。"

"是的，伟大的玛利亚。"他开始担心了。

"我一直以为那只是单纯的一个S，但你的忠诚度不再纯净，我开始怀疑了，告诉我，这个S是什么呢？是土星（Saturn）吗？那便是古希腊神话中的克罗诺斯（Kronos）王了，他吞下了他的子女，因为预言中他会被子女所杀。"

"不，玛利亚，请不要怀疑我……"他慌忙辩护。

"是'苏'（Shu）吗？古埃及空气之神，他在死后的世界里屠杀有罪的人，不，这是苏—η99907的名字，我特地为她取的。"

第一主席S—α999从未感觉如此恐惧，万人之上的他从未想象过会有害怕的一天："伟大尊贵的玛利亚，我从不违背您，从不怀疑您，我对您只有服从，您是我的母亲，我是您卑微的孩子……"

"你正在质疑我对你的怀疑，你公然在我面前说谎。"

他几乎在哀求了："玛利亚……"

"你阻止不了你的梦呓，你的下巴固定器抵挡不了你强烈的意念，你在梦中大喊：‘我是阿法！我是奥米加！’”玛利亚还是用慈爱的声调说，“而我听见了。”

第一主席S—α999惊惧不已，两腿已经发软，身体快要崩溃了。

“所以，你的S是湿婆（Shiva），古印度毁灭之神，祂从毁灭之中创造新世界，所以是开始，也是结束，是阿法，也是奥米加。”

玛利亚沉默了，地底冷酷的空气中只有S—α999的喘息声。

“你想结束什么，然后重建呢？”

“啊，尊贵的玛利亚，我向来对您敬畏，”他举起手，手中是一把枪，枪指向黑如深渊的入口处，“我等了很久很久，我从来没想过是今天。”

玛利亚没等他说完。

地底忽然爆出一响尖声，一种人耳听不见的高频率波乍起，又很快消失了，在那一瞬间，地底下所有生物的DNA都遭到破坏，分子间的键结全断裂了，任何细胞活动都在刹那之间强迫中止。

第一主席S—α999死得一点痛苦也没有。

如白驹过隙，忽然而已。

一个小时后，地底又再度有了声音，有人轻轻从阶梯上走下来，敬畏地来到黑暗的大堂入口，小心避开S—α999的尸体。

“敬爱的玛利亚，”来人说，“我来了。”

“苏—η99907吗？”玛利亚明知故问。

“是的。”

“你看见地上有什么吗？”

“是的。”

“从现在开始，你便是十二人席会的一分子，且为十二人席会之首——第一主席。”

“遵从您的指示，玛利亚。”

“我们要开始一个新的计划，你必须让我确认，这二十年来在历史研究院的训练，是没有白费的。”

“您一定不会失望的。”

“这个计划……你听好，”玛利亚沉稳的声音，也不禁为她自己的想法所悸动，“‘历史提早计划’，让该发生的事更早发生，让历史提早完成，让地球联邦提前诞生。”

“遵从您的指示，玛利亚。”

“说起来，这全是θ81402028给我的提示呀。”玛利亚慈祥地说。

“可是他很危险，只要他还存在于过去，都会对我们未来造成威胁。”

“只要一点点的干扰，未来就可能大变特变吧？你说的是‘混沌’理论。”玛利亚说，“我不高兴，因为第三代奥米加报告说，θ81402028由他们亲手杀死了。”

苏—η99907沉默了一阵，说：“原谅我，玛利亚，这与第二代奥米加的报告矛盾。”

“我知道，”玛利亚说，“比第三代迟离开过去，比第三代早一天回来的第二代奥米加，曾经与θ81402028有过正面交锋，是吧？所以我在计算，究竟是第三代的忠诚度出了问题，还是在‘过去’出现了什么我们不知道的因素……”

“尊贵的玛利亚，我服从您的计算。”

“可惜，θ81402028本来要说出他住在哪里的，要是当时没被人打断，我就能知道了。”玛利亚说，“那个打断的人，又会是什么人呢？”

苏一η99907垂下头，不敢打扰玛利亚的思潮。

约莫半个小时后，新任第一主席苏一η99907听完玛利亚的教诲和指示，开始她上任后的第一个任务。

她费了一番力气，将S一α999抬上一辆小推车，将他推往与玛利亚相反方向的黑暗之处，那儿的黑暗，比地表上任何角落更深更黑暗，但苏一η99907不畏惧，她向来不容易畏惧。

随着她的前进，玛利亚细心地为她开灯，照亮了黑暗，一栋栋巍峨雄伟的高大建筑从黑暗中现身了，仿如由幽冥中苏醒的巨人，俯视着徐徐前进的入侵者。

苏一η99907穿梭于高大的建筑物间，无视于这些祖先们曾经依靠以延续性命、使地球文明和人类得以传承的伟大地底世界，她来到一处灰色的建筑物前，总算瞄了一眼上面的文字：

工厂

她明白这个名词的意义，这里，才是第一代大融合计划的圣地。

她将S一α999留下，便头也不回地离开，地底世界再度恢复黑暗和静谧，对过往的历史，沉默不语。

## 初坛

思量复思量。

边走边沉思的正思，慢慢整理出整件事的脉络。

“因果，因果。”他喃喃自语，一点也不在意四周慌张奔驰的人们，此时此刻，他只剩下他自己了。

他寻思那破屋中的男人说的一句话：“喝毒酒止渴……”用有害的方法解决问题……说不定也会是个好办法，他不知道。此刻他的心中充满了愤怒和恨意，只要能使恨意消失，他不惜摧毁一切。

那男人所说的毒酒，是个罕用的古中国字“鸩”，一种鸟，据说它的羽毛沾到水，喝了水的生物便会毒死。一种连身体都是毒的鸟，要怎么打理自己的羽毛呢？要怎么照顾自己的子女呢？

脚底下的大地在哆嗦，头顶上的天空在染黑，四面都是混乱。

不知不觉中，他回到了铸锅巷，看见了证因寺。

由于位置离王恭厂很远，证因寺并没受到多大影响。

他蹒跚走到寺门，看见疲惫不堪的慧施睡倒在寺门边，正呼呼地打着瞌。

他扶起慧施，一起步入证因寺。

寺中知客僧瞧见了，赶忙迎出来：“我的天啊，你们是怎么了？”

正思只说了一句：“我要当僧人。”

“你说啥？”

“我要当僧人。”

数日后，五月十五，大吉，正思正式剃度受戒，由住持法航主持。

剃度仪式后，开始传初坛“沙弥戒”十戒，正思跪在戒师面前，戒师用尺在大堂上敲着：“善男子，汝既能依教奉行，欲受此根本十戒者，理须迎请三宝……”

“弟子正思一心奉请……”正思前一夜早已背好仪式用词。

仪式一面进行，正思的心一面波涛汹涌，他想着破屋中的男人的话，那些话一句又一句刺中他的心："要改变历史，必须要了解因果。"这个男人会比任何人要了解他，他十分清楚！

他是来证因寺寻求因果之道的。

香火徐徐游上屋顶，弥漫着不属于尘世的幽香。

奥米加一号的话也挥之不去："中国……远古以来，就有人用有系统的方法开发自己，对他们而言，产生我们的能力，只不过是自我提升过程中的一个初步而已。"说这话时，他们的目光是望向慧施的："……刚才那个人坐着喃喃自语时，我们感觉到，他也有奥米加的能力。"

关键之钥在这里！在证因寺！

他要在这里探求奥米加们的能力。

他要在这里追索因果之键。

他要探索他所知道的历史。

然后，他要破坏他所知道的历史。

支持他的力量，是恨意与怒火。

啊，不，他不是正思，他是鸩思，他的思想中全是烈性的鸩毒，谁碰了谁便要遭殃，便要被他的恨意灼伤。

"我是鸩思—θ 81402028。"

终于，他为自己命名了。

# 后事

日月推迁似转轮，嗟予出世更无因。

老僧从此休饶舌，后事还须问后人。

——古预言《黄蘖禅师诗》

天启六年五月初六日辰时，大明京师顺天府发生灾难，当时之记载称为“王恭厂之变”，因为灾难中心点在京师内城西南角的“王恭厂”，当地人称“铸锅厂”，实际上是制造火药、热兵器的工厂，由宦官掌管。

事变之发生，普遍认为是地震引起王恭厂火药爆炸，酿成巨灾，因为事变前后，附近都有连日地震发生。但令人疑惑的是，震动是先在东城发生的，当时《邸报》也记录了一些当事人的描述，说明东城先震，然后震动从东北一直传至西南，但也有人只记得巨震一声，显然是王恭厂火药爆炸了。

王恭厂的爆炸是因还是果？无论如何，最严重的灾区是在王恭厂一带，但死者的残肢、失踪的衣物等物件都飞到了数十里以外之地，可见灾变的威力。

灾变次日，五月初七日，天启皇帝下谕：

今岁入春以来，风霾屡作，旱魃为灾，禾麦皆枯，万姓失望，乃五月初六日巳时，地鸣震虩，屋宇动摇，而京城西南一方，王恭厂一带，其房屋尽属倾颓，震压多命。

朕以渺躬御极，值此变异非常，饮食不遑，栗栗畏惧，念上惊九庙列祖，下致中外骇然。朕当即斋戒虔诚，亲诣衷太庙，恭行问慰礼讫，尔中外大小臣王，俱各素服角带，务要洁度，洗心办事，其停刑禁屠等项，卿等即传示礼部，都着痛加修省……[1]

皇帝弄了这样一篇官样文章之后，众官员很是装了惶恐一阵，所谓“君子终日乾乾，夕惕若”[2]的样子，事情之后，无论皇帝还是百官，一如原状。

五月初八日，王恭厂移址至西城日忠坊，那儿原有“御马监”的三所新厂房，共两百余间房间，十分宽阔。皇帝下令派兵三千负责搬运神器、钱粮等物，并改名为“安民厂”，继续制造火药。[3]

同日，兵部尚书王永光上书，质疑王恭厂火药爆炸的威力：

诸臣谓王恭厂不过火药延烧已耳，何能使坤维震撼数十里作霹雳之声……[4]

五月二十一日丑时，顺天府最大的道观“朝天宫”突然火灾，无锡乡塾师计六奇在《明季北略》有记载，当时：

忽闻有声，烈焰冲天，红光映地，遥望紫衣神排空而起，大殿及金刚殿周匝火起，凡烧一百一十间。[5]

浙江人朱祖文为人有侠气，当时也在京师，照顾被魏忠贤陷入

---

1 《明实录》卷七十一。

2 《周易》乾九三爻辞。

3 明·刘若愚《酌中志》卷十六以及《明实录》卷七十一。

4 《明实录》卷七十一。

5 清·计六奇《明季北略》卷二。

狱的朋友周顺昌，[6]他将当时的经历以日记形式写成《丙寅北行日谱》，书中对于顺天府屡屡灾变，感叹说：

闻是日朝天宫灾，无端起火，正殿悉焚。不两旬而两以灾告，何天心仁爱至此。

天启皇帝并没活很久，第二年便去世了，没有子嗣。

崇祯皇帝继位，首先杀了魏忠贤，很是想有一番作为，于是歌功颂德纷至沓来。于是，他挣不出先哲所言的统治者的面孔：

真正的专制者，是真正的奴隶，受迫从事最甚的谄媚和严厉，奉承人类中最恶毒的。他有着自己完全不能予以满足的欲求，有着较任何人都多的愿望，你如果知道怎样观察他灵魂的整体，会看到他是真正困穷。他一辈子受畏惧的包围，整日动摇不安，心猿意马，跟他所像的那个国家仿佛。[7]

崇祯皇帝如是，S—α999如是。

崇祯十七年，李自成攻陷顺天府，明朝灭亡。

李自成亦如是。

---

6 《明通鉴》卷八十。

7 柏拉图《理想国》卷九《专制者》。

## 一、希腊字母顺序

大写、小写、读音及相关故事人物

A α alpha 婆罗门—α 51、茱莉安娜—α 53、S—α 999

B β beta

Γ γ gamma 菲立普—γ 49

Δ δ delta 珍妮弗—δ 2341

E ε epsilon

Z ζ zeta

H η eta 苏—η 99907

Θ θ theta θ 81402028、沙也加—θ 83405761

I ι iota

Κ κ kappa

Λ λ lambda

Μ μ mu

Ν ν nu

Ξ ξ xi

Ο ο omicron

Π π pi

Ρ ρ rho

Σ σ sigma

Τ τ tau

Υ υ upsilon

Φ φ phi

Χ χ chi

Ψ ψ psi

Ω ω omega第一代、第二代、第三代、第四代

## 二、参考文献

1．汉·司马迁《史记》

（引用《天官书》以下文献中出现司天监对当时天象的叙述，有不少术语可以从这里了解。）

2．明·刘若愚《酌中志》

（引用卷三《恭纪先帝诞生》、卷十五《逆贤羽翼纪略》、卷

十六《内臣职掌纪略》）

刘若愚在天启时为内直房宦官，崇祯时大捕魏忠贤党羽，刘若愚撰此书述说他自己当年遭遇，以说明他并非魏党，因此得免。本书在不同篇章中，有作者在灾变当时的见闻。本书另被同代人吕毖选出五卷为《明宫史》，为当年宫中制度和生活的重要史料。

3．明·黄煜《碧血录》

（引用卷下《天变杂记》）

本书有《天变杂记》一段，内容抄自当时《邸报》。

4．明·朱祖文《丙寅北行日谱》

浙江人朱祖文，字完夫，号三复居士，为人有侠气。其友周顺昌为京官，为魏忠贤党陷入狱，本书为朱祖文前往京师照顾、拯救朋友，将经过写成的日记。

5．明·冯梦龙《冯梦龙全集》 江苏古籍出版社 / 1993

（引用《挂枝儿》《山歌》）

明末有好色之风，小说、诗歌、戏剧都有男女情欲的表现，冯梦龙收集的当时民歌可以一览民间的色情风俗。

6．明·王世贞《锦衣志》景印元明善本丛书十种《记录汇编》卷一百九十五

此文对锦衣卫的源起、故事、制度都有所叙述。

7．明·沈国元《两朝从信录》

（引用卷三十）

据作者所说，乃以续《皇明从信录》（洪武～万历）的想法编撰，收录了光（在位三十日）、熹（在位七年）二宗当时的《邸报》内容所编，内容不及《熹宗实录》多，但很重要的是收录了王恭厂唯

一生还者吴二的自白。

8. 《天变邸抄》僧月山房汇钞《诏狱惨言》附

内容同时源自灾害后的《邸报》，但似乎是第三手资料，留存有《碧血录》《明季北略》等二手资料附加的语气，恐怕是从此书中抽出另外编成。内容最完整。

9. 《明实录》中研院史语所校刊本 / 台北市 / 1961

（引用卷七十一《熹宗实录·天启六年五月》）

为当时谕旨、奏章所编成，可看出当时官员们对辽东军事、王恭厂灾变等的争议，从皇帝的批语中，也见识到其顽固腐败，不过这些批语也可能是魏忠贤批的。官场黑暗，由此可见。

10. 《明史》

（引用《五行志》《天文志》）

虽为正史，但史料不精细，还常常将事件发生时间弄错，不过可作为便览之用。

11. 《明通鉴》

（引用卷八十《熹宗天启六年》）

史料简略不完整，只能作为十分大略的参考。

12. 清·计六奇《明季北略》

（引用卷二《丙寅五月初六纪异》）

本节也抄自《邸报》，条文比《碧血录》少了许多，用语也省略，不过文末加上了作者的意见。

13. 苏同炳《明史偶笔》台湾商务印书馆 / 1970

（引用《明代的邸报与其相关诸问题》）

针对明代邸报的情形做研究，对当时《邸报》的编撰、内容、样式等有论述。

14．林远琪《邸报的研究》台北市／汉林出版／1977

对于《邸报》从古至清的发展源流有步骤的研究。

15．杨树藩《中国文官制度史》台北市／黎明文化／1982

对官府、用印、等级的参考。

16．《时光旅行趣谈》台北市／世茂出版／1984

一般性的、趣味性的入门书，非本书所参考，不过影响了当年我对时间旅行科学理论的兴趣的引发。

17．中国社会科学院考古研究所《明清北京城图》北京市／地图出版社／1986

从明代文献资料复原的天启年间北京城图，有详细的城门、大街、胡同、官衙、厂监、寺庙等等的位置，另附清代北京地图以资对照，也有图表与今日北京对比，为本书十分重要的参考资料。

18．殷登国《岁节的故事》台北市／时报出版／1987

主要对当时北京端午节盛况和风俗的参考。

19．侯仁之主编《北京历史地图集》北京市／北京出版社／1988

有北京城从古至今的地图，资料完善，可做概略性的参考。

20．谢敏德《北平：九重门内的宫阙》台北市／幼狮文化／1989

对了解当时城门俗名和官方名称的对照十分重要。

21．陆家骥《端午》台湾商务印书馆／1990

22．石晓敏，王江树《中国古代外星人》台北市／远东图书公司／1990

本书将许多古书资料随性地和UFO、外星人画上等号，由大陆人士编写，其内容比台湾人所写者完善得太多了。书中特辟一章讨论王恭厂灾变，提出了不少史料，我以此为出发点去寻找原本的史料。但在本书之前，我早有一篇1984年的剪报列出其中大部分的史料来源，是为最早的参考。

23．王景琳《中国古代僧尼生活》台北市 / 文津出版社 / 1992

重点在“生活”的描述，可一览一群特殊的人的生活习俗。

24．杜婉言《中国宦官史》台北市 / 文津出版社 / 1996

25．白化文《寺院与僧人》郑州市（河南省）/ 大象出版社 / 1997

重点在“寺院”的描述，对于僧人的精神层次可得到一般但重要的参考。

26．阎崇年《北京的城池宫殿》《历史月刊》1997年8月号（115期）pp.100~106 台北市历史月刊杂志社

27．袁珂《中国神话大词典》成都市 / 四川辞书出版社 / 1998

对于灾变前后有鬼车鸟、火神等传说的参考。

28．邱国珍《三千年天灾》南昌市 / 江西高校出版社 / 1998

29．向思鑫《中国历史49大谜》汕头市 / 汕头大学出版社 / 1998

对王恭厂灾害有概略的叙述和独到的见解，值得参考。

30．加来道雄《穿梭超时空》（*Hyperspace: A Scientific Odyssey Through Parallel Universe, Time Wraps, and the 10th Dimension*）台北市 / 商周出版 / 1998

十分值得推荐的一本书，加来道雄以论述时空理论有名，以正统理论物理学家的身份，将时空理论的历史渊源和发展过程娓娓道来，在我看过的书中，可谓一流的科普读物，可列出最值得看的前

十本之中。

31．Clifford A. Pickover《黑洞旅游指南》（*Black Holes: A Traveller's Guide*）台北市 / 寰宇出版 / 1998

以黑洞作为时间旅行的可能途径之一，故也参考了此书。可对黑洞有一般但较全面的了解。

◎小野

对明朝社会描述得细腻动人使我很快便进入这部小说的情境中，可是跳跃如电影剪接般地进入未来世界又使得阅读者有突兀、不协调的适应期。过了适应期，我便开始对这位作者产生了敬意，同样是文字工作者，我看到这位作者非常强大的创造力和想象力，加上他的用功，几乎可以肯定他会是近年来最可能崛起的超级巨星。我们期待一位大师级的作家诞生。

◎子敏

作者以明代熹宗皇帝天启（一六二六）顺天府的一场惊天动地、死伤无数的无名爆炸做引子，然后叙述公元二九五〇年左右的“地球联邦”正在制造混种生化人作为未来的新人类。其中一个纯种东方人的胚胎，被“读史者”悄悄培育成人，并把他送回历史上的顺天府去设法阻止那场爆炸，但是没有成功。

作者穿越时空的想象力值得赞美，但是更引人的是作者的文笔。随着场景的转换，作者描写“地球联邦”的文字充满现代感，而写天启六年顺天府的文字，不但漂亮，而且洋溢着古意。如果以这样的文笔写历史小说，必定更为出色。

◎司马中原

作者紧握住明代末期的历史线索，书写顺天府神秘恐怖的巨劫——爆炸和大火，几乎类于现代核爆，再一霎间毁灭了大半个顺天府，这妖异的变动，象征着天怒人怨，在当时，没人能彻底解释这突变的真实原因。

事后，朝廷为安抚全国人心，尽可能地淡化处理，但仍有很多笔记和野史把它忠实地记录下来。作者遍阅这些资料，发现这场大火与爆炸缺乏可信度较高的解释，于是便依据巨劫后人们的臆测，升华为一种科幻灵异的审判世界，并将现实与精神交融，充分挥洒，虚虚实实，掌握得十分巧妙，更可贵之处在于其无限展延性与证诸多面的文学功能，做出了高度的发挥。

◎南方朔

这是一部气魄不凡的超时空想象之作，熔历史与科幻于一炉。在交叉呈现的叙述中，“过去”和“未来”这两个界面彼此相叠，并造就出一个惊心动魄的故事。

小说以明代顺天府的一次大爆炸为楔子而展开，而后引发未来对历史的介入；那场大爆炸是否能被阻止？历史能否改写？这是时空旅行里古老的问题之一，作者写来仍盎然有趣，而未来世界的统治形态及出现的问题亦发人深省。

◎张曼娟

作者挑选明代顺天府一场神秘的毁灭性大爆炸作为背景，并将故事衍至所谓未来世界的“地球联邦”，破除历史小说格局，开创科技幻想的新貌。“重返历史现场”，是许多小说家的梦想，然而，更精彩的不仅是重返，而是可以有所影响，或是挽救不及呈现一种“历史不可转圜”的惆怅也好。可惜的是，作者未能尝试揭开大爆炸的谜底，主角或其他人物对大爆炸的发生毫无影响，到后半部显得力绌，人物的性格命运也就失去了说服力。

◎侯文咏

历史与科幻的结合，古典与现代，完整的历史考证、大胆的想象，令人充满了期待。这篇小说的风格之创新，唯当代少见。开场格局太大，到了结尾自然不好收拾，如果最后在谜底一个一个揭晓时，能够更令人信服，那就再好不过了。

◎廖辉英

以时光隧道、生命科学，结合历史事件，加上电影星际大战的构想，创作出这本科幻历史小说。本书最大优点是气势磅礴，出入自如于历史和此刻未来，游刃有余；唯结局模糊，削弱了它的力道。

图书在版编目（C I P）数据

明日灭亡. 1，天启爆炸 / 张草著. — 北京 : 九州出版社，2015.4

ISBN 978-7-5108-3602-2

Ⅰ. ①明… Ⅱ. ①张… Ⅲ. ①科学幻想小说－中国－当代 Ⅳ. ①I247.5

中国版本图书馆CIP数据核字（2015）第070950号

本书由皇冠文化集团授权

本书限于中国大陆地区发行，不得销售至包括港、澳等任何海外地区

版权合同登记号 图字：01-2015-1550

明日灭亡. 1 天启爆炸

| | |
|---|---|
| 作　　者 | 张草 著 |
| 出版发行 | 九州出版社 |
| 出 版 人 | 黄宪华 |
| 地　　址 | 北京市西城区阜外大街甲35号（100037） |
| 发行电话 | （010）68992190/3/5/6 |
| 网　　址 | www.jiuzhoupress.com |
| 电子邮箱 | jiuzhou@jiuzhoupress.com |
| 印　　刷 | 北京京都六环印刷厂 |
| 开　　本 | 787毫米×1092毫米 16开 |
| 印　　张 | 15.5 |
| 字　　数 | 180千字 |
| 版　　次 | 2015年11月第1版 |
| 印　　次 | 2015年11月第1次印刷 |
| 书　　号 | ISBN 978-7-5108-3602-2 |
| 定　　价 | 32.80元 |